安達 瑶

紳士と淑女の出張食堂

実業之日本社

実業之日本社文庫

目次

紳士と淑女の出張食堂

第一話　紳士と淑女のビーフ・ブルギニョン

「あ〜お腹空《なかす》いた」

ゴミ部屋と化したワンルームの唯一の生活エリアであるベッドの上で、あたし(居間野《いまの》ヒロミ・二十五歳独身)は足をバタバタさせた。

ベッドの周りにはポテチの袋に弁当の容器、ペットボトルや脱いだ衣類が層を作っている。うっかり床に降りると折れた割り箸が足に刺さるので、風呂掃除用に買ったサンダルを室内でも履いている。部屋って、あっと言う間にゴミ屋敷になるのね。

もう何日も外出していない。このままでは引き籠もり必至だ。それなのに外に出る、いや、何かをする気力が全然湧かない。

あたしの人生は、突然すべてのドアが閉まってロックされてしまった。今までは、そこそこうまく行ってたと思う。そこそこの大学をギリギリで卒業して、そこそこの会社になんとか入れたし、そこそこ可愛《かわい》いので、そこそこカッコいい彼氏も出来た。

なのに。

クリスマス目前というこのタイミングで会社をクビになり、彼氏にもフラれ、自業自得とは言え友達にも親兄弟にも縁を切られて、天涯孤独の孤立無援。絶賛どん底生活に転落中なのだ。

あたしはテーブルの上にあるペットボトルに手を伸ばし、やっとこさ手に取ると、底に残った最後の液体を舌に垂らした。

そもそも、超低空飛行ながらもなんとかなっていた日々がひっくり返ったのは一ヵ月前の、あの日のミスが原因だった。

会議に必要だからと突然作らされたプレゼン資料のパワーポイントのデータが、信じられないことに、「あたしと彼との門外不出極秘動画」に入れ替わっていたのだ！

「あ〜では、来期のわが社の新商品『W《ダブル》生クリームたっぷりのケーキパイ』についてご説明致します」

得意満面で演台に立った上司の風月《ふうげつ》課長はあたしに画像データを投影しろと合図を送ってきた。

あたしはノートパソコンの「シークレット」と名付けたファイルをクリックした。

スクリーンには生クリームがたっぷり載ったパイの画像が映し出される……はずだった。しかし、画面いっぱいに投影されたのは、バブルバスのバブルを全身にまとった、あたしの裸身だった。パイはパイでもあたしのオッパイ。一瞬生クリームに見えたのは、あたしの股間で泡立ったバブルだった。

しかも、スクリーンの中のあたしは、狭いバスタブの中で、彼と濃密濃厚な愛を交わし始めてしまったではないか！

会議室は騒然とした。上司は目を剝《む》いて硬直し、取締役は口をあんぐりと開け、親会社の大手コンビニの担当者は真っ青になり、コラボしたアニメ「鬼火の瓦」を放送するテレビ局の関係者はニヤニヤして……。

「とめなさい！　早く！　今すぐとめろ！」

怒り狂った上司はあたしに怒鳴ったが、使っているプロジェクターが導入したばかりの新機種で操作方法が判《わか》らず、オタオタしてしているうちに、完全にパニックになった。

その間にもスクリーン上では容赦なく事態が進行して、ついにバスタブの中では本格的にコトが始まってしまった。

会議室はもう、阿鼻叫喚《あびきょうかん》だ。

大勢が怒鳴りまくりスクリーンの前に立ち塞がる者もあり、全員が動揺する中で、ただひとり、テレビ局の男だけは下を向いて激しく両肩を上下させていた。

一番悪いのはあたしだけど、個人的にはコイツは許せねーと思った。人のセックスを笑うな。

存分に眺めたあとその男はニヤニヤしながら立ち上がり、パソコンとプロジェクターを繋《つな》ぐUSBケーブルを黙って引き抜いた。

スクリーンは真っ白になった。

「……居間野くん。きみにはいろいろ我慢してきたし、度重なるミスもこれまでは大目に見てきた」

コトが終わったあと、風月課長は恐ろしいほど静かな口調で、言った。

「きみが会社を存亡の危機に陥れた失敗は、今日が初めてではない。それでも人間はミスをするものだと思って、全社一丸となって、これまではカバーしてきた」

そんなにミスをしてきたか？　納得できないあたしはクビを傾《かし》げた。よほど不満そうな顔をしていたのだろう。

「判っていないようだね。では言おう」

それから課長はこれまでの事例を列挙した。

いわく、コピーミス（会議の資料が天地も順番も全部バラバラ）、連絡ミス（お得意さまが出先で待ちぼうけ。時間と場所の変更の連絡を受けたあたしの伝達忘れ）、データの消去（スマホを充電しようとしてコンセントがなかったので、作業中のPCの電源を抜いた）……。

最後の件についてはその時、あたしも反論した。会社の電気を勝手に使うのは悪いかもしれないけど、ちょっとくらいいいじゃない。大きな会社なんだし。しかしこれは電気代の問題ではないと言われた。でも、バックアップをとってないのも問題なんじゃないのと言い返したら相手は黙ってしまったけど。

決定打は、お得意さまに麦茶の代わりにめんつゆを出したことかもしれない。

風月課長はメモひとつ見ることなく、あたしの罪状を列挙してきたが、めんつゆの件まで来るとさすがのあたしも心が折れた。

「この件は、きっと社内の陰謀に巻き込まれたんです。あたしのことを嫌っている経理の女……半沢直子《はんざわなおこ》が故意に、わざと麦茶とめんつゆを入れ替えていたのに違いないです。でも、考えようによっては消毒液とか漂白剤だったら相手は死んでましたから、めんつゆで良かったですね」

笑って和ませようとしたが、課長は厳しい表情のままだ。

「百歩、いや百万歩譲ってそうだとしても、そこまで憎まれるきみが悪い」

あたしは半沢直子にそこまで嫌われていたのか……。

「で、今日のミスについて、申し開きすることはあるのか？」

「あります。新製品のプレゼン・ファイルは当然トップシークレットなので、『シークレット』というファイル名にして保存しました。その一方、あたしと彼の大切な動画もやはり他人には見せられないシークレットなものなので『シークレット』というファイル名にして……」

「しかしパワーポイントと動画じゃあ拡張子が違うだろ！」

風月課長は怒り狂ったが、あたしには素朴な疑問があった。

「カクチョウシって、何ですか？」

その三十秒後に、あたしはクビを申し渡された。もはや出社に及ばず即刻出て行け顔も見たくないと言われ、私物を段ボール箱に問答無用に詰め込まれて押し付けられた。

「でも引き継ぎが」と言おうとしたが、そもそも引き継ぐ事など何もなかった。

「あ、有休が残ってるんですけど」

「違うね。君は既に完全に消化していて一日も残っていない。それでも構わん。予告から解雇までに必要な三十日分の給料は上乗せして払うから、今日限り、これっきり出て行ってくれ。二度と顔を見せるな！」

あたしはミドリガメが公園の池に捨てられるように会社を追い出されてしまった。ちなみに、その時貰《もら》った最後のお給料も僅かな退職金も、とっくになくなっている。

あたしは、クビになったその日の夜、彼……というか当時の彼だが……に泣きついた。取引先の正社員で、見た目も年収そのほかのスペックもそこそこ良い相手で、それまで順調に愛を育んできたのだ。

なのに。

「君とはこれっきりにしたい」

安い居酒屋で、薄いレモンサワーを前にして、彼は切り出した。

「君が会議の席で大公開したあの動画、もう業界中の噂《うわさ》になっている」

彼の言葉はおだやかだが、目は笑っていない。というより激おこだ。

あたしは何も言えなかった。そりゃそうだろう。一方的にプライバシーを、というか究極のプライベートパーツまでを巻き添えで公開されてしまったんだし。しかも大きいとか小さいとか普通だとか下手《へた》だとか遅いとか早いとか、一方的に勝手なコトを言われまくっているらしい。それを考えると、いつものデートはフレンチやイタリアンなのに今夜は居酒屋（それも激安）というのも納得出来る。

あたし自身の全裸無修正ヌードも大公開されてしまっていることについては、なぜか頭が回らなかった。事態のあまりの急展開というか急な転落に、それどころじゃなかったコトもあるけれど。

いきなりの別れの言葉に、食べ物も飲み物も喉を通らないまま、彼と別れた帰り道にラーメンを食べて帰宅したあたしは、唯一の友達であるキョウコに電話で泣きついた。彼女は大学からの親友で、あたしと違って几帳面《きちょうめん》なしっかり者で、いつもあたしを庇《かば》ってくれて、愚痴ると慰めてくれる。の……だが。

「いつかはこういうことになると思ってた。あんたにはいい薬よ。それと、あんたに貸してあった本十二冊と、DVD七枚は当分返さなくていいから。しばらく連絡して来ないでね」

バッツと電話を切られてしまった。

慌てて「ごめん。借りパクするつもりじゃなかった。すぐ返す」とメールしようとしたのだが、すでに通話もメールも着信拒否されていた。

なんだこの失礼な態度は！　とさすがのあたしも腹を立てた。友達だからって、礼儀ってものがあるでしょうが！

もう本当にクサクサして、クビになったし彼氏とも絶縁して時間だけはあり余ってるから、ウサ晴らしに食べ歩きをしまくった。こうなったらオイシイものを食べて、気分を変えるしかないじゃん！

ってなことをやっていたら、三日前、とうとうお金がなくなった。残っているのはわずかなコンビニのポイントだけだ。バイトをするにしても多少のお金がないと面接にも行けない。

仕方がないので実家に電話したが……「おそれいりますが、この電話はおつなぎできません」という返答しか返ってこない。実家にまで着拒されていたのだ！

元々あたしと母親は子供の頃から折り合いが悪い。

仕方なく父親の携帯にかけると、元気のない声の父親が出た。

あたしが必死になって窮状を訴えて、少しでいいからお金を振り込んで……と言いかけると、父親は「悪いな」と話の腰を折った。

「実は父さんも家を追い出されて……浮気と借金がバレた。助けてやりたいが、こっちもそれどころじゃない。ところでお前、今、どこに住んでいる？」

あたしは慌てて電話を切った。父はここ数年無職で、失業保険が切れてもブラブラしている。今のあたしと同じだ。いや、ある意味、あたし以下だ。そりゃ家賃は滞納しているけれど、あたしの頭の上にはまだ屋根がある。だがあの人はたぶん、この寒空の下、ホームレスをしている……それにピンときたのだ。この上、グータラな父に転がり込まれるなんて、冗談ではない。

……寒いので、買い物にも出たくない。近くのコンビニとは揉《も》めて、一方的に出禁を申し渡されている。

でもその原因はあたしではない。コンビニ店員の態度がありえなくて、あたしのLINEを教えろ、付き合ってほしいと迫られて断ったらひどい態度を取られるようになったのだ。無言のまま金額も言わないとか、釣り銭を投げてよこすとか、客に対して言語道断な態度に出始めたのだ。

極め付けは、あたしに付けられるはずのポイントを、そいつがカウンターの下でコソコソと自分のスマホに付け替えるのを見てしまったことだ。当然文句を言ったらそいつは逆ギレしてカウンターで大騒ぎになり、逆にあたしが悪者にされ、店長までそれを信じ込んで、出禁にされてしまったのだ。

別のコンビニに行けばいいんだけど、ちょっと遠いし、ダウンジャケットはゴミに埋もれて行方不明。

数日は頑張ったけれど、ついに食べるものがなくなった。昨夜、最後のカップ麺《めん》も食べてしまった。それも、料金を払い忘れていてガスが止められているので、非常事態の手順に沿って、水で作った。美味《おい》しくなかった。

仕方がないので、ゴミの層を掘って、カチカチになったおにぎりの残り粒に水をかけてふやかして食べたりしたけれど……。

ああ、クリスマスなのに、なんて可哀想《かわいそう》な私！

寒い。しかし、エアコンは使えない。電気代を節約しなければ。水と電気まで止められてしまったら生きていけない。夜、真っ暗なのは怖いし、ライフラインのスマホの充電が出来なくなると、あたしは死ぬ。

しかし、寒い。布団と毛布を被《かぶ》っても寒い。

たしかストーブがあったはずだしタンクには灯油も少しは入っていたはず。押し入れに突っ込んであるはずなんだけど……掘り出すのが大変だ。でも、そうも言ってはいられない。寒いんだもん。

あたしはサンダルを履いて足を防護して、ゴミの山を乗り越えて押し入れに辿《たど》り着き、手をスコップにして掘り返し、なんとか引き戸を開けた。

ドサドサと中から大量のゴミ、いや荷物が雪崩《なだ》れ落ちてきた。もはや荷物かゴミかも判別できない。部屋の中はますますガラクタで溢《あふ》れてしまった。

しかし、目的のブツはあった。石油ストーブ！

自動着火の電池が腐っているので、キッチンまで行って、流しの引き出しにあったはずのマッチを探した。湿っていたけどマッチはなんとか発火して、ストーブに着火することが出来た。

モーレツな煤《すす》の臭いがしてきちんと燃え始める気配がない。思えばこの石油ストーブは数年間、手入れもしないまま放置してあったのだ。芯に着火しただけでも奇跡なのかも。

不完全燃焼のモーレツな臭い。一酸化炭素は臭わないらしいから、これは煤の臭いか。

とにかく臭いので、窓を開けた。

ぶすぶす音を立てつつ、なんとか石油ストーブは赤くなり、部屋も心なしか暖かくなったような……気がする。

ひと心地《ごこち》つくと、少しは冷静になってきた。

そうだ！　給付金の申請をしようと思い立った。職を失ったんだから、なにかの補助金が貰えるはずだ。失業手当なのかなんなのかよく知らないけど、区役所の住民センター（かどこか）で、この前、申請用紙を貰ってきたことを思い出したのだ。

でも……あたしの人生にはありがちだが、必要なモノは必要なときに限って見つからない。申請用紙を探そうとしてゴミの山をひっくり返したが、出てくるのは電気代やガス代の督促状ばかりで、肝心のモノが出てこない。どうして？　毎日ずっと見て気にしていたのに。

だけど……申請用紙を捜索する過程で、違うものを発見した。素晴らしいご馳走《ちそう》を配達してくれるという、ケータリングというか、デリバリーのチラシだ。

カラー印刷されたチラシには、実に美味しそうな料理がこれでもかと並んでいる。

いろんな肉料理にパスタ、シチュー、グラタンにサラダ。チーズにワイン。人間が食べるべき「料理」とは、まさにこういうものではないかしら。あたしは思った。クリスマスだもんなあ。人並みにローストチキンとか食べたいよねえ。彩りのきれいなサラダ。とろけそうなビーフシチュー。そして、クリームたっぷりのケーキ……。

最初はチラシを眺めているだけだったが、本格的にお腹が空いてきたし、そのうちに怒りまでが湧いてきた。

どうしてあたしが、こんな目に遭わなきゃいけないの！　あたしだって人間なのに！　クリスマスにそれらしいものを食べる権利があるはずだ。日本人は健康で文化的な、最低限度の生活をする権利があるんじゃないのか！

こんなチラシは目の毒だ。絵に描いた餅だ。どこまで走っても食べられないニンジンだ。

そう思うと、ますます腹が立ってきた。

ようし！　なんとしても、この料理を食べてやる！　徹底的に部屋を探せば、二千円くらい落ちてるんじゃないか？　スマホの決済アプリとかポイントとかも合計すれば、なんとかなるんじゃないか？

そう思って、探し始めた。最初はダメモトみたいな気分だったけど、次第に怒りは増してきて、絶対にカネを探してこの料理を注文してやる！　という執念にまで育っていった。

捜索というか発掘作業をすること一時間。

コインがパラパラ落ちていて、今更ながら自分のルーズさを思い知りつつ、その小銭をテーブルに積み上げていった。昔見た映画かドラマで、恐山《おそれざん》かどこかの霊場で小石を積みながら「一つ積んでは母のため〜」とか暗〜い歌を歌っていたけれど、それをいつの間にか口ずさんでいた。我ながら不気味だ。

やがて、一円玉から五百円玉まで、結構な数のコインが集まった。数えてみたら三千円もあった。

これを一気に使ってしまうのは惜しい気もしてきたが……このまま節約生活を続けていると、魂まで腐ってしまう。そう思った。

あたしは敢然と、注文することにした。このチラシに載っているご馳走を、食べたい一心で探し出したお金だ。他のことに使ってはいけないのだ。

やっぱり、何と言ってもチキンだ！　ここのチキンはローストチキンではなくコンフィというのか。他にはシチューのように見えるけど野菜が入っていないビーフの赤ワイン煮。それにグラタンにローストポークに、ミモザサラダに……。あれこれ選ぶと軽く五千円を突破してしまったので、心を鬼にして品数を減らして、ジャスト三千円に納めた。

それでも、このご馳走が食べられるんだ、と思うと、久々に心がウキウキしてきた。

スマホで注文して、確定ボタンをポチった。

あとは、デリバリーが来るのを待つだけだ。

チラシでは美味しそうだけど、実際は物凄《ものすご》く量が少なくて、マズいかもしれない。でもその時は、あたしには徹底して運がなかったと思うしかない。すべてに見放されたと悟るしかない……。

ネットで注文して三十分後。

ピンポーンとドアチャイムが鳴った！

頭の中がご馳走で一杯だったので、ダッシュで玄関に飛び出した。その時、何かを蹴っ飛ばした気もしたが、そんなことはもう、どうでもいい。

「ケータリングのLa meilleure nourritureでございます。お待たせしました」

お店の名前は発音が良すぎて全然聞き取れなかったが、ご馳走が届いたことに間違いはない。なんせウチのドアをノックするのは各種集金と家賃の督促だけなのだから……。

待ってました！　と勢いよくドアを開けると、そこに立っていたのは……完璧な

「紳士」だった。あたしの安いアパートの剝き出しの外廊下には完全に場違いな、ジェントルマンがそこに佇《たたず》んでいたのだ。

やたら姿勢がいい。まさに「品格」が正装したような年配の男性だ。糊《のり》の利いた真っ白シャツに黒いベストと黒の蝶《ちょう》ネクタイ、足元は黒のエナメルシューズだ。磨かれた靴の横には、大きな箱状の出前バッグがある。

彼の周りだけが、まるでスポットライトが当たったかのように光り輝いている。

「お待たせしました。La meilleure nourriture でございます」

その人物は、再度言った。

これは……あの俳優にそっくりだ、とあたしは思った。

以前、ネット動画でみた、歌舞伎俳優が主役の、落ち目のレストランをなんとかするドラマの主人公にそっくりなのだ。たしか名前は……ナントカこうしろうと言ったはず。

「ご注文戴《いただ》きましたよね？」

あたしが見惚《みと》れていたので、その男・こうしろう（仮名）は、怪訝《けげん》な表情になった。

「こちら、居間野ヒロミさんのお宅……」

「あ、はい。注文しました」

あたしは焦《あせ》って返事をして、慌てたので、手渡そうとしたコインをジャラジャラと廊下にばら撒《ま》いてしまった。ああ、どこまでもドジなあたし……。

しかし、こうしろうは文句も言わず、にこやかにコインを拾い始めた。

が……その時。

部屋の中から不穏な臭いがしてきた。何かが燃えて、焦げているような臭い……。

「む？」

臭いに気づいたのか、こうしろうはしゃがみ込んでコイン拾いをしていた顔を上げた。

「これはいかん」

いきなり立ち上がると、「失礼」と言ってあたしを押しのけた。

「ちょっと中を拝見してもよろしいですか？」

一応は断ったが、有無を言わさぬ勢いで部屋に上がり込まれてしまった。

これはマズい。オトメの部屋に勝手に侵入……という問題以上に、ひどいゴミ屋敷っぷりをこの男性に見られたくない。だが。

「イカン！　火事だ！」

汚部屋を気にしている場合ではないことはすぐに判った。石油ストーブの前にあった紙やら袋やら衣類が燻《くすぶ》っている……と思った途端、ボッという音を立てて発火した！

「きゃあぁ！」

「落ち着きなさい！」

沈着冷静なこうしろうは、ベッドの上の毛布を手に取って、着火した紙やら衣類に何度も振り下ろして火を消すと、そのまま「燃えるもの」一切を包んでストーブから遠ざけた。

しかし今度は、燻っていた火がまたも発火して、包んでいた毛布を燃やし始めた。

「水！」

「はいっ！」

あたしは流しに走ってコップに水を汲《く》むとハイと渡した。

「違う！　もっと多く！　消火に使う！」

「はいっ！」

あたしは再度流しに走り、汚れた食器が浸《つ》かったままのボウルをひっくり返して中の食器をぶちまけた。急いで蛇口をひねると、満杯になったボウルを手に、取って返そうとしたが……。

ゴミに足元を掬《すく》われて、ボウルに入った水をじゃばあ、とぶちまけてしまった。

こうしろうは、あたしを見た。その目は「とことん使えないドジ女」と言っている。

しかし、目の前の毛布からは火がぼうぼうと出ている。早く消火しないと延焼して……この木造アパートなんか丸焼けになってしまう！

こうしろうは、外に出た。

あ！　手に負えなくなって逃げた！

と思ったら、廊下に放置してあった宅配バッグを部屋の中に持ち込んで、中から何故かシャンパンのボトルを取りだした。

「祝杯ですか？」

思わず口走った。相当混乱していたらしい。

こうしろうは黙々とシャンパンの封を切り、あろうことかボトルを激しく振った。

「ちょちょ、ちょっと！　そんなことしたらシャンパンが口から噴き出して……！」

こうしろうはあたしを無視して、ぽん！　と音を立てて栓を飛ばすと、ボトルの口を燃え盛る炎に向けた。

シャンパンが勢いよく飛び出し……じゅううっという音がして、物が焦げる臭いが止まり……毛布はあっという間に鎮火した。

「二〇一三年ルイ・ロデレール・ブリュット・ヴィンテージでございました」

あたしは反射的に口走った。

「お高いんでしょう？」

「緊急事態でしたので、お代は戴きません」

そりゃそうだ。一口も飲んでないのに何万円も払えませんよ。

こうしろうはすっくと立ち上がった。その立ち姿が歌舞伎役者のように凛々《りり》しい。

「いろいろ差し出がましいことをして、申し訳ありませんでした」

「いいえいいえ。おかげさまで助かりました」

あたしは礼を言った。

とにかく、こうしろうは鮮やかな手際でボヤを鎮火してくれたのだ。

「では、お食事にしましょう。そのあと、ちょっとお話が」

「はい」

あたしが従順に返事をすると、彼は部屋をぐるり、と見渡して、訊《き》いてきた。

「どこでお食事をするおつもりですか？」

ええと、とあたしは言葉に窮した。冬になるとコタツに変身するテーブルの周りもゴミで一杯。座るところがない。キッチンのテーブルにも雑多な書類、というより紙ゴミが山盛りだ。結局、ベッドの上に料理を並べて食べるしかないのだろうか。

しかし、部屋の中を見ていたこうしろうは、「ちょっと失礼します」と言うや否や、キッチンテーブル上のゴミの山に腕を突っ込むと、そのまぐいと動かして、ワイパーのように紙ゴミを一気に床に落としてしまった。

一瞬にしてキッチンのテーブルが空いた。

その汚れたテーブルを、こうしろうは持参した（としか思えない）布巾できれいに拭くと、これも持参した緑と赤のテーブルクロスをかけた。

ゴミ置き場だったキッチンが、一瞬にしてディナーの場になった。床には、依然としてゴミが溢れているけれど。

彼は、きれいなテーブルクロスの上に、ケータリングのご馳走を取り出した。移動用のプラ容器から持参したお皿に丁寧に移し替え、美しく並べている。オシャレなナイフとフォーク、スプーンまでが添えられた。しかも、これも持参したキャンドルに火まで点《つ》けた。

なにこれ。なにこの演出！

きれいなクロスに美味しそうな料理。そしてムーディなキャンドルライト。

「これは当店からのサービスです」

こうしろうはワイングラスに、色鮮やかなルージュのワインを注いだ。

「さあめしあがれ、ボナペティ！」

こうしろうはテーブルの脇に、腕にナプキンをかけたギャルソンの風情で、立っている。

「……じゃあ、遠慮なく……あ、お金は」

「コインでほぼ三千円ありました。帰りに再度確認させて戴きます。さあ、温かいうちに、どうぞ」

その料理は、とてつもなく美味しかった。鶏もも肉のコンフィの皮はパリパリに香ばしく、中の肉はジューシーで軟らかい。今まで食べてきたローストチキンとはモノが違う。格が違いすぎる。骨を持ったあたしはネコのように、それこそ舐《な》めるように完食した。

そしてブルゴーニュ風ビーフの赤ワイン煮「ビーフ・ブルギニョン」！ ひと口、口に含んだだけで、あたしは気絶しそうになった。レトルトのビーフシチューでは絶対に味わうことのない、濃厚なソース。ホロホロと崩れる超柔らかなビーフ。自分で作ったら、肉が軟らかくなる前に焦げ付かせてしまうだろう。

シーザーサラダのクルトンはカリカリで、チーズの利いたドレッシングも、食べたことのない美味しさだった。

ポテトにたっぷりチーズのグラタンもクリーミー、かつ焦げたチーズが香ばしい。ホワイトソースがこれまた、口では言えないほど、悶絶《もんぜつ》しそうなほどに濃厚な味わいだ。

ワインは、あたしのような初心者向けの、軽くてフルーティなものだった。ほら、ツウはフルボディとかいう苦いヤツを好むらしいけれど、あたしは飲みやすい軽いのが好き。

だけど……何かが足りない。そう、パンかご飯がない。この場合はパン、それもフランスパンが欲しいけど、このお店のメニューにはなかったのだ。

それを察したのか、こうしろうは出前バッグから「宜《よろ》しければ」とスライスしたフランスパンを取り出した。

「バゲットでございます」

「あの、これ、お支払いするお金が」

「結構でございます。その代わり、お食事のあと、少々宜しいでしょうか？」

ここまでして貰って、「宜しくない」とはとても言えない。

ワインのグラスが空けば、すかさずこうしろうが注いでくれる。それも優雅な手つきで。まるでオテル・ド・ミクニかロブションにでも行った気分だ。行ったことはないけれど。

バゲットで赤ワイン煮のソースをきれいに拭い取って食べた。同じようにグラタンのホワイトソースも最後まで舐めるように拭って、もう、食べるものはなくなった。

「あ~美味しかった！　ホントに美味しかったです！」

一気に平らげたあたしは、心から堪能《たんのう》した。

美味しいものはお腹だけではなく、心を満たす。しかも、すぐ近くには超一流のギャルソンが控えているのだ。

「お済みになりましたか」

そう言ってあたしに一礼した彼は手早くお皿を片付けると、あたしに向き直った。

「大変失礼な事を申し上げるようで申し訳ありませんが……言わせて戴いて宜しいでしょうか？」

言われることの見当はついているが、イヤと言える立場ではない。

「どうぞ。存分に」

あたしは頭《こうべ》を垂れた。

「大変失礼ですが……あなたは、生活が間違っています」

「はい。そうだと思います」

あたしは素直にそう言った。美味しいものを食べると素直になるらしい。

「悔い改める気はありますか？」

さすがクリスマス。神父さんか牧師さんに懺悔《ざんげ》している気分だ。

「……反省しています」

そうですかと、こうしろうは慈悲深い表情で、あたしを見据えた。

「あなたに、一歩前に踏み出す気持ちがあるかどうかを確認させてください」

「ありますけど……」

あたしがそう答えると、こうしろうは「そうですか。それはよかった」と大きく頷《うなず》いた。

「では、今から部屋の掃除をしましょう！」

「えっ⁉」

「このゴミ部屋から、ゴミを一掃するのです！」

「いやでも今夜はクリスマスイブだし時間ももう八時だしゴミ袋用意してないしこれを全部外に出したらトラックが必要だろうし」

「そうやって否定材料ばかり集めて現状維持に甘んじるんですか？　どうなんです？」

こうしろうはそう言って、あたしに迫った。

「返答は如何《いか》に？　ぁさあ、ぁさあ、さ～あさあさあさあ！」

こうしろうはマナジリを決してあたしを問い詰めた。

「あの……アナタはご自分のお仕事は良いんですか？　ケータリングとかデリバリーは？　今夜はかき入れ時なのでは？」

そう言って帰って貰おうとしたが、ダメだった。

「いいんです。私はこの部屋の惨状を見てしまった。見てしまったのに見て見ぬフリは出来ません。道で倒れている人を放置できないのと同じです」

その言い方には引っ掛かったが……まあ、考えてみれば、あたしは行き倒れみたいなものだ。この部屋を引き払って敷金を返して貰っても、ゴミ処分の費用で差し引きゼロ……いや、敷金でも賄いきれないかもしれない。

「さあ、言い訳するだけで口を動かしていても、手を動かさなければ部屋は片付きませんよ！　始めましょう！」

こうしろうはメリー・ポピンズが子供たちを急かす《せ》ときのように手をパンパンと叩《たた》いてあたしを急かし、同時に自分もゴミの山に取りついて手を動かし始めた。

まず、空き缶やペットボトルを手早くまとめて、とりあえずキッチンに放り出し、床一面に散乱していた衣類もまとめている。まとめながら、何故か二つの山に衣類を分けている。

「あー、お客様も他人事《ひとごと》みたいに傍観してないで、やってください」

「……何をすれば……」

自分の部屋のゴミ整理なのに、呆然《ぼうぜん》として赤の他人に訊いてしまう情けなさ。

「まず、紙類を一気にまとめます。ゴミは捨てるとして、必要な書類はサイズ別に仕分け、角を揃《そろ》える。いちいち中身を見ていると時間がかかるので、取りあえず紙類は全部揃えちゃって」

「はい」

こうしろうの指導に従って、あたしもひたすら手を動かして、片付けに取りかかった。

「失礼ながら、これはあなたに必要なものではありませんか？」

突然、彼に差し出された書類は、さっき、あれほど探しても見つからなかった給付金申請の書類だった。しかも特殊カーボンで三枚綴《つづ》りのモノがバラバラになっていた。

何も考えずに機械的にゴミを分別しているのかと思ったら、こうしろうは紙の内容に目を通して分類していたのだった。すごい速読力、いや動体視力！

ベッドの部屋が終わるとキッチンに移った。

不思議なことに、無いと思っていたゴミ袋があちこちから現れた。以前、掃除をしようとしたときに買っておいたのに、ゴミの下に埋もれて行方不明になり、掃除する意欲も同時に埋もれてしまったのだろう。

「これで分別ができる。ペットボトルと燃えないゴミ、燃えるゴミに分けてまとめましょう」

「まだ賞味期限内のものがあるかも」

「いいえ。この中に食べられそうなものはありません。すべて捨てます！　電気掃除機はありますか？　ああ、ここにあった」

ゴミに埋もれていた掃除機が発掘され、動く事も確認出来た。

どこかで貰ってきたカタログや読みかけの古雑誌をまとめて縛り、紙の類いも不要・必要に分類した。ほとんどが不要なモノだった。

キッチンには腐って完全に干からびた正体不明のモノとかキャベツの芯のミイラとか、奇怪なものだらけだったが、それはもう、鍋ごと廃棄することにした。

彼の指導に従って片付けていると……あ〜ら不思議。二時間ほどで部屋が片付いてしまったではないか。これほどのゴミ部屋が。

「一応、足の踏み場は出来ました」

畳が見え、キッチンのフローリングも見えた。換気扇を廻《まわ》していたので、部屋に漂っていた、饐《す》えたような臭いも消えた（と思う）。

「なんとかなりましたね。お祝いに、これはお店からのサービスです」

と、こうしろうは出前バッグからデザートの小さなケーキを出してくれた。

オーソドックスなイチゴのショートケーキ。だけど、それが凄く美味しい。生クリームが極めて上品で、スポンジケーキも爽やかな甘さで適度な柔かさと弾力があり、イチゴの酸っぱさが最高のアクセントになっている。

あたしがオイシイを連発しながら平らげてしまうのを待っていたこうしろうは、言った。

「これも何かのご縁だと思いますので、立ち入ったことを伺いますが」

「はい」

あたしも、一宿一飯の恩義のようなモノを感じたので、素直に応じた。

「これから先、どうするんですか？」

そのものズバリの直球だ。忖度《そんたく》一切ナシ。

「お部屋は片付きました。多少のお金も出て来ました。でも、お客様はお仕事をなさってませんよね。かと言ってご病気でもなさそうだ」

「どうしてそれが判るんです⁉」

あたしは慌てた。この男はエスパーか？

「いえ、さっき書類を整理しているとき、解雇通知書があったので……会社に対して悪逆非道の限りを尽くし、とか、かなりなことが書いてあったような」

「それは、話せば長くなりますので、ひと言でまとめると……誤解です」

本当の事なので、あたしは言い切った。

「あたしは悪くないのに、全部あたしのせいにされるんです。クビになった直接の原因だって、ファイル名を間違えないように上司がきちんと指導してくれていたら、絶対に起こらなかったことなんですよ！」

あたしは今日まで溜《た》めたウップンを一気に吐き出した。

コピーミスは異常に急かされたから。連絡ミスは電話が重なってバタバタしていたから。パソコンの電源を抜いたのは駄目だと知らなかったから。麦茶とめんつゆを間違えたのは社内の陰謀だから。

こうしろうは、あたしの訴えを目を瞑《つぶ》って黙って聞いていた。喋《しゃべ》ることほぼ三十分。もしかして寝てるのか？　と思ってあたしが黙ると、彼は目を開けた。

「それで終わりですか？」

「はい。まあ」

「では、私の考えを述べさせて戴きます」

「寝てたんじゃないんですか？」

「目を瞑って集中していたのです」

こうしろうの顔はちょっと怖かった。

「ハッキリ言います。あなたは、自己憐憫《れんびん》がひど過ぎる！」

「じ、ジコレンビン？」

なにそれ。

「自分を可哀想だと同情することです。自分は悪くない、イイコイイコと自分で自分の頭を撫《な》でることです。あなたは、もう少し自分に厳しくなければいけない」

がーん。

あたしは、生まれて初めて正面から怒られた気がした。ウチの家庭の事情については省くけれど、あたしの人生は誤解と陰謀に彩られてきた、とこれまでずっとそう思ってきたのだ。

「……そして、自分にもっと優しく！」

「は？　それ、なんか矛盾してるような」

「矛盾はしておりません。自分に優しくというのは、こんなゴミの中で暮らして自分を痛め付けてはいけないという意味です。きちんとした環境……それは豪華な部屋に住めということではありません。狭いながらも楽しい我が家と言うではありませんか。整理整頓して掃除をして清潔に暮らさないと、あなた自身が可哀想です。きちんとしたものをきちんと食べる。きちんとお風呂に入る。きちんと着替える。ね？　それが自分に優しくするということです」

がーん。そんなこと、考えた事もなかった。

「あなたはまだ若いから無理や無茶をしてもなんとか保ってますが、三十を過ぎるとドーンと来ます。四十を越えるとダダーンと来ます。その時、後悔しても遅いのです」

「はい……」

親にも教師にも上司にも素直になれなかったあたしだが、さっき会ったばかりのこの人物の言葉は、素直に耳に入ってくる。不思議だが本当だ。

「……とまあ、他人様にはエラそうなことを言ってしまった私ですが……」

こうしろうは苦笑いをすると、ケータリングのバッグからポットとカップを出してコーヒーを注いだ。なんだ、コーヒーがあったんじゃん！　あたしにも勧めてくれたけど。

「……ウチは、本来は超高級ケータリングの店なんです。超一流企業のパーティやイベントの、会場の設営からお料理の提供までを手がけていました。スタッフにはフランスの三つ星レストランで修業した、超一流のシェフに超一流のメートル・ドテルに超一流のソムリエを揃え、どんなお客様も唸《うな》らせる会場のムードと、最高の料理を提供してきたのです」

そう言いながらこうしろうは、バッグからパンフレットを取り出した。それにはなるほど、凄いイベント会場での超豪華な立食パーティの様子が写っていた。客の中には有名俳優の姿もある。

「外国のＶＩＰをご招待した公式レセプションを担当したこともありました。しかし……今のこのご時世では、豪華絢爛《けんらん》なパーティ、いや、普通のパーティでさえ無理です。人の集まるイベントが激減してしまい……ウチも開店休業状態で」

　こうしろうはコーヒーをごくりと飲んだ。

「超優秀なスタッフもヒマと腕を持て余し、このままでは兵糧攻めです。決死の覚悟で討って出ぬ限り、座して死を待つのみ、かくなる上は、背水の陣を敷くしかあるまいと」

「なんか、時代劇っぽくないですか？」

　思わず言ってしまった。

「すみません。現状を打破するヒントを得ようと歴史小説を読み漁《あさ》っておりまして……」

「ヒントはありました？」

「ないですねえ。士族の商法とはよく言ったもので、これまで大きなクライアントの大きな仕事ばかりやっておりました私どもには、庶民を相手にした小さな商売は、本当に分野も勝手も違いすぎて……小回りも利かず、細やかなサービスも足りず、世に満ちるファストフードのようには、とてもいかなくて」

「こんなに美味しいのに」

「味には自信がございます。お値段も、かなり勉強させていただいております」

そう思います、とあたしは頷いた。実際、こんな料理を出すお店には、敷居が高すぎて入ることさえ出来ないだろう。

「ファストフードやカレーや丼ものなどから学んではみたのですが、どうしても数字が出ず」

「いやそれは、ハンバーガーや牛丼は早い安い美味《うま》いで何十年とやってますから、そもそも経験値が」

いつのまにか、あたしがアドバイスする方に回っているじゃないか。こりゃまたどういうことだ？

「大衆は高級カステラより安い饅頭《まんじゅう》を好むと、かつて倒産した映画会社の社長は嘆いたのですが、まさにそんな気分です」

「いやだから、大手チェーンとはそもそも知名度が違うし」

「実はウチ、今夜は凄くヒマなんです。というか、ずっとヒマで。料理には自信があるのですが……」

こうしろうは、あたしの話を聞いているのかいないのか、同じような愚痴を繰り返した。

さっきの自信満々ぶりはどこに行ってしまったの？

「私も、ロンドンのシンプソンズをはじめ、パリやニューヨークの一流レストランで洗練されたサービスを学んだ上で、コンニチがあるのですが」

「さすがでございます」

思わず一礼してしまった。

「なのに、その成果をお見せできる場を失ったことは辛《つら》い。辛くてたまりません」

これは……今の飲食店共通の悲痛な叫びだろう。

先ほどまでは冷静沈着だったこうしろうなのに、今は打ちひしがれてガックリと肩を落としている。一気にトシを取ってしまった浦島太郎みたいだ。

なのに……。

何故か、あたしの心に火が点いた。

一見して「カンペキな、デキるやつ」が、図らずも見せた弱い姿に、電気が走ったのか？

「働かせてください！」

自分でも驚くべき言葉が口から出ていた。

「おたくで働きたいんです！」

「はい？」

顔を上げたこうしろうは、怪訝な顔になった。

「あなた、私の話を聞いていましたか？」

「聞いていたから、心を打たれたんです」

いやいやいやいや、とこうしろうは首を振った。

「ウチは開店休業に等しい状態で、この私が、お客様のところに上がり込んで、こんな長話をしてるような、そんな状態なんですよ？」

「判っています。でも、なんだか心を打たれたんです」

「意味が判らない」

こうしろうは首を捻《ひね》った。

「ですから、あなたの話を聞いていて、なんだか人生に希望を持てた気がしたんです」

「つまり、私のように有能な人間でさえ凹《へこ》んでるってところに希望を見出《みいだ》したと？」

あたしは天井を見上げて、それが正しいのか、しばらく考えた。

「そうかもしれないけど……でも、それじゃなんだか、あたしが他人の不幸は蜜の味と言ってる、イヤなヤツみたいじゃないですか」

「そうとしか聞こえませんが」

「違うんです。世の中、見たところあなたのようにカンペキで、どう考えても成功するしかないような人でも、何か一つが欠けただけで人生が狂ってしまう、って言

「うか……」

「何かの寓話ですか？」

「世にも奇妙な物語、みたいな。とにかく、あたしの場合は、たぶんあたしが悪かったんだと思いますけど、あなたの場合は、あなたはちっとも悪くないのに世の中が悪かった。どっちにしても良くない状態になってる。だったら、あたしも頑張れそうな気がしてきたんです。少なくともあたしにはまだ頑張る余地がある、なので、何でもやれそうな気がしているっていうか」

「全く判りません。論理展開が破綻している」

そう言ってこうしろうは首を振り、だが私に手を差し出した。

「でも、これも何かのご縁です。こんな状態ですから、お給料はクソ安いと覚悟してください」

「はい。修業の身ですから」

「そうですか。では一緒にやりましょう」

こうしろうは、あたしを採用すると言った！

「じゃあ気が変わらないうちに行きましょう！」

と、あたしは立ち上がった。

「何処《いずこ》へ？」

「オタクのお店に、です。きちんと採用してください」

「そういう形式的なことは無用です」

こうしろうは頑として言った。もしかして店に入れたくない？　実はこの人のお店もゴミ屋敷だったりとか？　もしくはお店の実体がなくて、さっきの話はホラだったとか？

そこで、こうしろうはあたしに書類を突きつけた。さっきゴミの地層から発掘された、給付金の申請用紙だ。

「これ、申請するんでしょう？　だったら今、書き上げてしまったらどうですか？」

「もしかして……お店としては充分な給料が出せないから、これで補えって意味ですか？」

「おっしゃるとおりです」

と、こうしろうは頭を下げた。

「そうしてください」

いつもなら話が違う！　とヘソを曲げるところだが、今のあたしは何故か、為《な》せば成る的なポジティブな気持ちになっていた。

「判りました。書きます」

貰ってきたときは記入する項目があまりに多くて放り出してしまった書類を、きっちり処理する気になっていた。なんせこれをきちんと出せば、まとまった金額が給付されるんだから。

あたしが記入している間、こうしろうはキッチンのシンクにある汚れたお皿を洗い、シンクをきれいにし、植物が生えているように見えるまでにカビが生長した三角コーナーを丸ごとゴミにし、汚れがこびりついたガスレンジを磨き、次は換気扇を取り外そうというところで、あたしの作業が終わった。

「書類、出来ました！」

「ご苦労さん」

と、手を拭いたこうしろうは、申請書類をチェックしてくれて、不備な点を幾つか指摘した。

「ここ、解雇された主たる理由が抜けています。ここは『不況による会社全体の雇用調整と上司との意見の食い違い』としておきましょうか。それとここ、失職後の生活ですが、『ひたすら耐乏生活を送っていた』と書いてください」

と、まるで区役所の窓口の人みたいな口調で助言した。

言われるままに書き上げて、「ポストに投函《とうかん》しに行くので、そのついでにお店に行きましょう！　ここから遠くないですよね？」と言うと、こうしろうは不承不承《ふしょうぶしょう》、という感じで頷いた。

「しかし！　その格好はいけません。今のあなたは、とても人前に出られる姿ではありません。なんとかしてください」

こうしろうは外出にストップをかけた。

「この部屋に鏡はないのですか？　ガマだって己《おの》が姿に汗を流すというのに」

こうしろうは時々妙な事を言うが……どこかにハンドミラーがあったはず……と思って足のポジションを動かしたその時。

足元でぐしゃ、という嫌な音がした。

あたしはサンダルのまま、ハンドミラーを踏んで割ってしまったのだ。

「まあそれでも見ることは出来るでしょう」

こうしろうは割れた鏡を拾い上げてあたしに渡した。

割れた鏡に映った自分の姿はなかなか壮絶だった。

髪は乱れてボサボサ、顔色も悪くてまだ二十代のぴちぴちギャル（↑死語）にはおよそ見えない。「けだるさ」がアンニュイではなく、全身倦怠感《けんたいかん》の、さながら墓から出たてのゾンビのようだ。

足元を見ると、ソックスは左右が違う。ルームウェアのロングTシャツは首まわりが伸びてダルダルだし、セーターは毛玉だらけで手首の辺りはでろんでろん。これでは萌《も》え袖と言い張ることすらできない。

たしかにひどすぎる。ファッションに無頓着なオッサンの休日私服以下だった。

「でも、他に着るものないんです。どうせ近所だし、ちょっと出かけるだけだし、これでいいでしょ？」

「ナリマセン」

こうしろうは厳しい表情で、言った。

「ちょっとゴミ出し、ついでにちょっとコンビニまで、と自称ワンマイルウェア、実態は寝間着の外出はどんどんエスカレートします。そういう考えでクマも里に下りてきて、あげく猟友会に駆除されてしまうのです」

ヒトは、腹が減って山を下りるクマとは違うと、こうしろうは力説した。

しばしお待ちなさい、とこうしろうは動いた。

ガスが止められているので、ストーブの上にヤカンを置いてお湯を湧かして作った蒸しタオルを、あたしに差し出した。

「これで顔を綺麗《きれい》に拭きながら温めて。ゆっくりやってください」

あたしが蒸しタオルでホカホカと顔を温めている間に、彼は二つに分けた服の山の小さいほうからジーンズとトップスを探し出した。

「これを着てください」

こんな服を持っていたっけ？

完全に存在を忘れていた。ゴミの地層の奥深くに埋もれている間に忘れてしまったのかもしれない。買った時はまだ、お洒落《しゃれ》をしようという気持ちがあったのだ。

「これはユニクロのタグがついているけれど、カシミヤです」

そう言いながら、こうしろうは小さいほうの山を指さした。

「外に出るときはこっちの山の服を着てください。部屋の中にいるときは、こっち。誰の目にも触れないでしょうから」

って、あたしはそんなにひどい服を着ていたのか。……着てたんだろうなあ。

「ちょっとだけお化粧をしたら、見違えますよ」

バッグには、会社勤めをしていた頃の最低限のコスメが入っていた。小さな鏡もある。

「マスクで顔の下半分が見えないのですから、目は強調すべきです。アイラインは派手目でも大丈夫。まろ眉になってますから、眉毛も下のラインから、しっかり描きましょう」

言われたとおりにした。

「うん。こういう事を私が言うのはセクハラになるのかもしれませんが……大変結構ではないかと」

こうしろうが差し出した割れた鏡に映ったのは、なかなかこぎれいで、センスの良いあたしだった。

やればできるんじゃん！　やっぱり素材がいいと仕上がりもいいんだよね！

あたしは意外にイケてる姿に変身した自分にびっくりすると同時に、自慢したい気分にさえなった。

「では、参りましょうか」

はい、と元気に返事をしたあたしは、記入した申請書を封筒に入れて封をし、これも発掘された切手を貼って、部屋の外に出た。

近所にある郵便ポストに投函したら……すぐ近くに、例のコンビニがあった。あたしに濡《ぬ》れ衣《ぎぬ》を着せて出禁にした、にっくきコンビニが！

美味しいものを食べてきちんとした服を着て、きちんとお化粧もすると、元気が出る。自信が蘇《よみがえ》る。勇気も湧いてくる。

「ちょっと、行ってきます！」

あたしはこうしろうに断ってから、くだんのコンビニに入り、ずんずんとカウンターに向かって行った。

「あ」

レジの前には、あの時のクソ店員が立っていて、あたしを見て目を丸くした。

「ででで、出禁……」

「うっせーんだよ！」

このクソが、といきなり一発カマした。

店内には数人の客がいたけど、あたしの大声に、全員がこっちを見た。

「あの時は泣き寝入りしてしまったけど、今日は負けないからね！　このクソ野郎！」

「ななな、なにを……」

店員はあたしの剣幕に怯《ひる》んで、今にもオシッコをちびりそうな顔になっている。恐怖におののいているのだ。

「あんたさあ、さんざんあたしにＬＩＮＥを教えろだぁ、付き合ってほしいだぁとホザいたあげく、断った途端に掌返《てのひらがえ》しのひどい態度。返事はしない、釣りは投げて寄越す。その極め付けは……ポイント泥棒だぁ！」

何故か時代劇みたいな口調になってしまったあたしは、クソ店員を糾弾した。

「あんた、あたしのポイントを盗んだでしょ！　自分のスマホに入れてたの、あたしは見たんだからね！」

「だから知らねえって。だいたいこの前決着が付いたろ！　店長があんたを出禁にしたんじゃないか！」

「ああそう。あくまでシラを切る気だね！　ウソをお言いでないよ！」

こういう口調の方がクレームを付けやすい。ストレートな漫才よりコントの方が役になれる分、なんでも出来ると言った芸人の気持ちが判った。

「ちょっと店長！　あの日の防犯ビデオ、ちゃんと見てよ！　あんた、ビデオ判定もしないで、あたしが悪いって決め付けたよね？」

カウンターの奥にある事務室に向かって怒鳴ってやった。そこに店長が居るはずだ。

しかし店長は出てこない。卑怯《ひきょう》なヤツだ。

なので店内に向かって叫んだ。

「みなさん！　こいつは客のポイントを自分のスマホに付け替えてるんですよ！ポイント泥棒なんですよ！　許せますか？　皆さんも、自分の買い物履歴とポイント履歴を確認した方がイイですよ！」

他人のトラブルには無関心を決め込みたくても、自分の利害が絡むとスルーはしない。店内にいた客全員がスマホを取り出して確認を開始した。

すると……。

「あ！　本当だ！　この人のいうとおりだ！」

客の一人のおじさんが声を上げてカウンターにきた。

「見ろ！　昨日の今頃だ！　ここで八百四十円分のビールと弁当とオツマミを買ったのに、ポイントが付いてないぞ！」

「あ、私も！」

別の客、ＯL風の女性も声を上げた。

「私もミニボトルのワインとチーズとクラッカーを買ったのに、ポイントが反映されてない！」

「そっそれは何かの手違いです。ただ今、今すぐに、お付けしますから」

クソ店員がペコペコと頭を下げ、客からスマホを受け取ろうと出した手を、あたしはバシッとぶっ叩いてやった。

「順番が違うだろ？　あたしに対してのゴメンはないのか？　え？」

クソ店員はあたしを見ると微妙な顔になって黙り込んだ。

「あんた、客のポイントを盗んだんだよね？　どうだ？　それに相違あるまい？　あたしのポイントも返せ。そして、謝れ！」

クソ店員は、歯を食いしばるような顔になったが、無言のままだ。

「ごめんなさいが言えないのか！　あんたは大和田《おおわだ》常務か！」

居合わせた全員が「はぁ？」という顔になってしまったが、まあ仕方がない。

その時、事務室の扉が開き、店長が出てきた。疲れた初老の、苦労が多そうな男だ。

「今、先日の防犯ビデオを確認していました。その結果、この紀本《きもと》くんがカウンターの下でなにやら怪しい操作をする映像が記録されており、そこで、ポイントを管理するサーバーを確認しましたところ、紀本くんのアカウントに、買い物もしていないのにポイントが多数ついていることが判明しました」

それを聞いたクソ店員（紀本というらしい）は顔面蒼白《そうはく》になり、「いえそれは……」と弁解しようとして、しどろもどろになっている。

「さいわい、お客様のお買い上げデータはサーバーに残っておりますので、そこから改めてポイントを算出して、お客様のアカウントにお付け致します」

店長はお客に一礼したあと、あたしに向かって最敬礼した。

「先日は、事実を確認もせず、この紀本の言うことだけを信じてしまい、まことにっ、まことに申し訳ございませんでしたっ！」

土下座する勢いだ。

「この男は、即刻クビに致します。ユーアーファイアード！」

不良店員の紀本はガックリとうなだれ、すごすごと店を出て行った。

店長にポイントを復元して貰い、お詫《わ》びのチョコレートまで貰って店の外に出ると、寒空の中、こうしろうが立っていた。

「何をしているんですか、こんなところで?」

「何をおっしゃる。ヒロミさん、あなたがここで待ってろと言ったんですよ!」

そうだった。あたしはこうしろうのことをすっかり忘れていた。

「やっぱり……店に行きます?」

「はい!」

「本当に?」

「ええ。本当に」

あたしとこうしろうは並んで歩き始めた。

雪が舞い始め、遠くからクリスマスソングが聞こえて来たような気がしたが、それはこうしろうが歌う鼻歌だった。

「それ、なんていうクリスマスソングなんですか?」

「いえこれは、『カサブランカ』で流れる『アズ・タイム・ゴーズ・バイ』なんですけどね。美しい友情の始まりだな、ってセリフ、知りません?」

「知りません」

本当に知らなかったので、正直に答えた。

降り始めた雪の中、あたしたちは夜の道を歩いていった。

第二話　人生最後の屋台メシ

ドアチャイムを押すと、鋼鉄のドアの覗《のぞ》き窓がパッと開いて、濃いサングラスが見えた。

「どちらさんで？」

ドスの利いた声が響いた。

「あ、あの、今日の午後一時にお約束した、La meilleure nourriture と申しますが」

「あ？」

私の発音が良すぎたのか？　もう一度ゆっくりと店の名前を言った。

「高級ケータリングの La meilleure nourriture ですが」

「なんて？　なんて言うた？」

「ら・めいらー・のーりーちゅう」

だんだん自分の発音に自信がなくなりつつ、ぎこちなく店名を告げた私は、隣にいるタキシードに身を固めた、やたらに姿勢のいい長身の紳士・こうしろうを見た。

何食わぬ顔を装ってはいるが、全身が硬直しているのを私は知っている。なんせ普通なら絶対、私の発音にチェックを入れるはずなのに、今は目が泳ぎ、あらぬ方向を見ているんだから。

「ああ、宅配メシの店の人やな？」

やっと納得した相手は、重い鋼鉄のドアを開けてくれた。

一歩中に入ってびっくりした。

神棚の横にはツノも雄々しい牡鹿《おじか》の首の剥製、床には虎の毛皮。提灯《ちょうちん》が幾つも下がり、日本刀らしきモノがうやうやしく飾られて、額縁には墨痕鮮やかな「忍」の一文字が。

「え？　ここってナニ？　骨董屋《こっとうや》さん？　外国人向けのお土産屋《みやげや》さん？」

「違う違う。ここはウチのオフィスだ。ねえさん」

キョロキョロと部屋の様子を見ている私に、若い男が大声で言った。レイバンのサングラスに角刈り、白のスーツに黒のシャツ、ネクタイも白という、ネガポジのネガみたいな服を着ている若い衆だ。

「そこでお待ちください。今、仙波《せんば》のオジキを呼んできやす」

やたら大きな声で一礼する。

こうしろうと私は、ふかふかのソファに座らされたが、どうにも落ち着かない。私は居間野ヒロミ。なけなしのお金でケータリングを注文したら、届けてくれたのが今、私の隣に座っている紳士・こうしろうだった。

彼は料理を配膳するだけではなく、ゴミ屋敷と化した我が部屋を一気に掃除し、給付金申請の書類を書く手伝いまでしてくれた。

忘れるはずもない、つい昨夜のことだ。

本来かき入れどきであるべきクリスマスイブに、こうしろうがそんなにヒマだったことにはワケがあった。彼のケータリング会社は超一流のスタッフを揃えているのに、昨今の情勢で注文が激減していたのだ。

そんな理不尽ってアリ？　一宿一飯の恩義、施されたら施しかえす、恩返しだ！　ひと肌脱ごう！　と意気に感じた私は、昨夜、急遽《きゅうきょ》入社してケータリングを手伝うことになった。

すると私が加わった途端に大口のパーティの注文が舞い込み、私とサービス全般を仕切る「メートル・ドテル」のこうしろうが、その打ち合わせに呼ばれることになったのだ。

壁面の一部がパカッと割れた。隠し扉になっていたのか！　ここはカラクリ屋敷か？　と驚いていたら、小太りで角刈り、サングラスに口ひげ、ダブルのスーツを着たおじさんが現れて、私たちの目の前にドッカと座り込んだ。右手を出してVサインを作った瞬間、レイバンネガポジ服の若い衆がすかさずタバコを挟み、ライターを差し出して火を点けた。

「やあどもども。私が注文を出した、仙波っちゅうもんです」

このおじさんが軽く頭を下げたので私も頭を下げたが、何故かこうしろうは物凄く深々と頭を下げている。

「話というのはほかでもない。来週の今日、パーティを開く。その会場設営と、食い物の手配をおたくにやって貰いたい」

誰が見ても「組長」チックな仙波オジキさんが、タバコの煙を吐きながらドスの利いた声で言った。かなり胡散臭《うさんくさ》い感じがする。

「かしこまりました」

こうしろうが再度深々と頭を下げたので、私も合わせてお辞儀した。

「会場の設営っちゅうか、飾り付けもやってほしいんだがね？」

「もちろん、ウケタマラワセテ、ん？　ウケタマラセテ、ん？　承らせて戴きます」

こうしろうは舌がもつれている。

「で、どのような趣旨のパーティでしょうか？」

「まあそのぉ、なんちゅうか、創業六〇周年ご愛顧感謝の会っちゅうか……」

勢い込んで私は口を挟んだ。

「つまり、こういうことですね！　招待するお客さんは今までカツアゲされたりシヨバ代払わされたり、ヤクを買わされたり美人局《つつもたせ》で身ぐるみ剝がれた人たち。そうでしょう？」

状況がだんだん判ってきた私は、つい思った事を口にしてしまった。

「なんだと！　もういっぺん言ってみろ！」

途端に、レイバンの若い衆が凄んだ。

「まあまあ。冗談にいちいち目くじら立てるんじゃないよ、精治《せいじ》」

仙波さんが笑って取りなしてくれた。

「私らは、そういう方向ではないのです。確かに、スタッフはコワモテの連中ばかり。世間の偏見があるのは承知してます。それをまた商売に利用しているのも事実。でまあ、そんなこんなを、深くお詫びっちゅうか、ご愛顧感謝するっちゅうことで」

しかし……感謝と言った傍《そば》から、オフィスには、精治と呼ばれた若い衆に優るとも劣らぬコワモテの連中がぞろぞろと集まってきた。

こうしろうの顔色が変わったが、仙波さんはガハハハと豪傑笑いをした。

「いやいや、ウチはこういうファッションというかコスプレが好きなヤツが多くてですな。見た目はアレだが中味は『気は優しくて力持ち』ですから」

「あの、それって御相撲《おすもう》さんのことでは？」

私の疑問にレイバンの精治が答えた。

「オジキのおっしゃる意味は、つまり、おれらに悪意はないってことだ」

安心した私はさらに質問を重ねた。

「そう言えば子供の頃、お風呂屋さんで、パパと男湯に入ったんですよ。そしたら背中一面に絵が描いてある人がいて、『あのおじさん絵がある～！　どうして洗っても落ちないの？』って大声でパパに訊いたら、すっごく叱られたんですよ。なぜなんだろう？」

積年の疑問だ。

「このねえさん、なんも知らんの？」

スキンヘッドに眉毛を剃《そ》った耳たぶピアスの、パンクなのかヘビメタなのか怖い人なのかよく判らない兄ちゃんが精治に訊いたが、レイバン男・精治は困った顔をして天井を仰いだ。

「あんたは父親に叱られた。けどその背中に絵のあるおっさんは怒らなかっただろ？」

スキンヘッドパンク野郎がそう訊いてきたので、私は頷いた。

「逆に褒めてくれましたよ。これはわしらの誇りや、って」

「そうだ。それでこそ極道だ！」

仙波さんが頷いた。そこでもう一人が口を出してきた。

「それはそうとネエチャン、あんた、オチチデカいな。こないな仕事より、もっとワリのええ、ラクな仕事あるで」

髭面《ひげづら》で首をヒクヒクさせている、ジイサンに近いオッサンだ。真っ赤なシャツの胸元を大きく開けて着ている。私のカラダを透視しているような凄い目付きでオッサンは言った。

「な？　アンタ、アッチは好きな方やろ？　感度良好ツーツーレロレロっちゅうやっちゃ」

「ツーツーレロレロ？」

「そや、そのデカいボインの先っぽをやな、こうレロレロすると」

そのオッサンはニヤニヤしながら寄ってきて、長いベロを出して嘗《な》め回《まわ》す真似《まね》をした。

「ヤダ〜！　私って、そんなに美味しそうですか？」

「そらもう、触れなば落ちん、熟し具合やで！」

「マジっすか？　なんか嬉《うれ》しい」

思わず嬉しくなった私は顔が火照《ほて》った。仕事をクビになり、彼にも捨てられてからこっち、全然、ホメられたことなんてなかったのだ。

「あるんですか？　そんなに美味しいお仕事」

「あるある！　おまっせ！　なんなら今すぐにでも始められるで」

そのオッサンは私の腕を摑《つか》んで今にも連れ去ろうとしたが、その時、こうしろうがオッサンの手を摑んで振りほどいた。

「ヒロミさん！　あなたには自尊感情がなさ過ぎる！」

なんで？　こうしろうには昨夜、「あなたは自己憐憫がひど過ぎる！」と叱られたばかりだけど、何？　ジソンカンジョウって？

「ウマイ話にはウラがあるって言葉をご存じか？　この世にラクな仕事ってないんですよ！」

なおも言い募るこうしろうにオッサンが怒った。

「おいオッサン。あんたワシの商売邪魔すんなや！」

オッサン同士の争いになりかけた。しかし、その瞬間、物凄く通る声で、しかもドスの利き具合がハンパではない、「止《や》めんか！」の一喝が飛び、コトは収まった。

その声の主は、と見ると、そこには……コスプレ野郎たちが脇に退き、白髪で痩《や》せた、眼力が凄《すさ》まじい老人が車椅子に乗り、奥に鎮座していた。

「申し訳ない。この男はつい最近関西から来た客分で……失礼の段はこの私に免じて」

その老人は身体《からだ》を折って頭を下げた。

「御大《おんたい》！　御大がそんな……」

仙波さんが慌てて立ち上がり、その「御大」と呼ばれた老人に駆け寄った。

「おら、銀次《ぎんじ》に詫びを入れさせせんか！」

仙波さんの命で、銀次と呼ばれた関西のオッサンは身体を押さえつけられて、土下座した。

「なんならお詫びの印に指を」

老人の怖いひと言に、こうしろうもブルブルとかぶりを振って謝罪した。

「めめ、滅相もない。こちらこそ大変失礼を」

こうしろうが平伏しつつ私の後頭部を押すので、私も一緒に頭を下げた。

「まあとにかく、私らは世間様の隅っこで地道な商売をさせて貰って六〇年。花も嵐も乗り越えて、なんとかここまできたわけです。その謝恩パーティということで、ひとつ」

老人は紫色の綺麗な布の包みを取り出した。

仙波さんがそれを受け取り、こうしろうに手渡す。相当な厚みがある。

「金に糸目は付けません。私の葬式代を全部使う。足りなければ言ってほしい」

老人がまた頭を下げたので、こうしろうは雷に打たれたように飛び上がった。

「承知致しました！　この命を賭けて！」

私が余計なことを言わないように、こうしろうは先手を打って訊いた。

「で、あのう、会場はここですか？」

「いやいや、このビルの上の階に道場があります。あとから見て貰いましょう」

「承知しました。で、お出しするメニューはいかがいたしましょう？」

早く帰りたいのがミエミエのこうしろうはテキパキと話を進める。

「そうだな。私なりに考えたのだが」

仙波のオジキは『ヤクザコスプレ愛好家』たちを見渡した。

「焼きそば、お好み焼き、イカ焼き、トウモロコシ、タコ焼き、フランクフルト、アメリカンドッグ……鮎《あゆ》の塩焼き、揚げ餅、今川焼き、大判焼き、肉の串焼き……他になんかあるか？」

「ジャガバターはどうっすか？」

スキンヘッドパンク野郎が提案した。

「悪くないだろう」

「おでんとか」

と、レイバン男。

「それもいいな」

関西流れ者のオッサン・銀次も提案した。

「チヂミにホルモン焼き」

「あの、少々お待ちください」

黙って聞いていたこうしろうが手をあげた。

「今まで出たのはみんな、いわゆる屋台というか露店の……」

「何か問題がありますかな？」

御大が首を傾げた。

「私んとこの発祥は、テキ屋でしてな。お祭りの屋台で頑張って頑張って、ここまで来たのです。いわば、その思い出の味なのです。何か差《さ》し支《つか》えが？」

「いえいえ、滅相もない」

こうしろうは首を横に振った。

「御大、鉄火巻きとかサンドウィッチとかのアレも……」

「おお、忘れていた。博徒《ばくと》系の客人にも配慮しなければ」

一同がどんどん屋台系や「摘《つ》まめる」系のメニューを提案していくにつれ、こうしろうの表情は強《こわ》ばり、作り笑顔が貼り付いた。

「まあ、そういう感じで頼んますわ。とにかく節目のパーティなんで、御大の言うとおり金に糸目は付けん。豪華にやってください」

仙波のオジキに車椅子の御大が付け加える。

「そうだ。さっきも言ったように葬式代を全部使う」

法律が変わったので派手な義理事《ぎりごと》はもう出来ない、イオンの直葬でいい、という御大が、そこで「あ、いかん」と付け加えた。

「忘れるところだった。ウチのモンで、私が目をかけてる若いやつ、精治という、この半端者ですが」

御大はレイバン男を見た。

「こいつの思い出の味を、ぜひとも再現してやってほしいんです」

「お安い御用です。それはどんな……？」

答えを聞いたこうしろうの顔がさらに引き攣《つ》った。

「いや～参った。まさかああいう依頼だとは」

店への帰り道、普通は冷静沈着で、まさに歩く品格と言えるこうしろうが愚痴った。

「しかし……ヤクザが相手だとはなあ」

「え？　そうなんですか？　今の人たちはヤクザ？」

「え？　ヒロミさん、まだそんなこと言ってるんですか？　彼らがヤクザじゃなければ、いったい誰がヤクザだって言うんです？」

呆《あき》れるこうしろうに私は言った。

「いや、だから、『いかにも』な格好が好きなコスプレーヤーとか、頭の中が昭和まんまの関西のオッサンとか、昔の東映映画を見すぎなおじいさんとか……」

「あの言い訳をそのまんま信じたんですか！」

こうしろうはダメダコリャという顔をして天を仰いだ。

「あれは正真正銘のヤクザです。でも、武闘派でも極悪でもない、昔ながらの、テキ屋系かつ仁侠《にんきょう》な方々のようで……」

私たちがLa meilleure nourriture（もっと発音しやすい日本語の名前にして欲しい！『なんでも出張食堂』とか）に戻り、事務所に入ろうとしたところで、入口脇に立っていた男に呼び止められた。ダスターコートにハンチング、目付きの鋭い、昔の刑事ドラマから抜け出てきたような男だ。これもコスプレか？

「どうも。警視庁城北《じょうほく》警察署、ソタイの安原《やすはら》という者です」

刑事のコスプレかと思ったら本物だった。そういやこの人、パーティ会場を下見して、ビルから出てきた時にも外に立ってたなあ。電柱の陰に隠れるわけでもなく、ただ立っていたけれど。

「ソタイって何ですか？」

刑事と付き合いがないので、本当に知らなかった。

「刑事課組織犯罪対策係。暴力団関係の専門」

あたしの問いにぶっきらぼうに答えた安原が次に顔を向けたのは、こうしろうだった。

「あなた、この店の人ですよね？　荒井《あらい》組の仕事を受けたんですか？」

「正確には、ちょっと違います。私が受けたのは、区議会議員の仙波さんからです」

ってことは、あの「組長」チックに見えた「オジキ」は組長じゃなくて、まさか区議会議員なのか？

「それにあそこは、『仙波興業』という、屋外イベントに特化した会社ですよ。ヤクザではない」

さっきはヤクザだって言ってたクセに。まあ、それもこれもオトナの事情ってヤツなんだろう。しかし刑事は引き下がらない。

「仙波興業は、暴対法に定める暴力団・荒井組のフロント企業です。組長の荒井が高齢で病気がちなので、縁のある区議会議員の仙波氏が実質的な面倒を見ている。警察としては、実態は暴力団そのものとして扱っています。だから、仙波興業に利益供与をした場合、東京都暴排条例違反となりますよ」

「ええと、組長に見えたヒトは実は議員で、車椅子の老人が本物の組長って事ですね！」

「だからそう言ってるでしょう！」

この仕事はお止めなさい、これは警告です、と言い残して、刑事は立ち去った。

「どうするんですか？」

私はこうしろうに訊いたが、返事は彼の顔に書いてあった。

「いやいや、いろいろ大変ですよ！」

こうしろうは盛大にボヤきながら店に入った。その声は不自然に明るい。みんなを心配させないためか？

「遅かったわね。どんな感じ？」

と訊いてきたのは、シェフの香西《こうざい》じゅん子《こ》さん。フランスで長年修業をして鍛え抜かれた女性。とにかく「デキる」人だ、とこうしろうが言っていた。艶やかなロングヘアを、仕事の時はまとめているらしい。昨日会ったばかりだけど、料理の腕前はクリスマスディナーのチキンコンフィとブルゴーニュ風ビーフの赤ワイン煮で、私にもよく判っている。

こうしろうはメートル・ドテル。他には、ふくよかで、いかにも甘いものに目が無さそうな、元主婦のパティシエ・三上福美《みかみふくみ》さん。私の位置づけは「総見習いというか総下働き」というところか。

私の実力については、他ならぬこうしろうが一番危惧している。店にとって致命的なしくじりをしでかしそうだから……らしい。失礼しちゃうよね！　まだ何にもしてないのに。

それでも、私を雇ったのは、私には「我々にはない『何か《サムシング》』がある気がする」からなのだそうだ。

とにかく、私がこうしろうに出会った日の注文は三件で、そのうち一番値段が高かったのが、私からの、なけなしの小銭をはたいたオーダーだったのだという。

「ま、彼が見込んだ人なら大丈夫でしょう。ヨロシクね！」

と、私はすんなり受け入れられた。女ばかり三人に、男はこうしろうだけ。彼を呼ぶのに誰も名前を使わないので、彼はなし崩しに私の中では「こうしろう」のまだ。

挨拶を済ませて、じゃあ明日からヨロシクね、となったときに電話が鳴り、電話機に一番近かった私が咄嗟《とっさ》に出てしまったら、それが「仙波さん」からの仕事の依頼だったのだ。

みんな大喜びで、パティシエの三上さんは「ヒロミさんは福の神。幸運を呼ぶ招き猫じゃないの？」とまで言ってくれたのだが。

こうしろうは、打ち合わせ内容から警察からの警告まで、すべてをみんなに話した。

「なるほどね。じゃあ、腕によりをかけて、最高の『屋台メシ』を作ろうじゃないの！」

「は？　警察の警告は、無視ですか？」

私は驚いて香西シェフに訊いた。

「無視でしょう、この際。ウチだって店が潰れるかどうかの瀬戸際なんですよ？　ウチが潰れたら、せっかく申請が通って血税から戴いた持続化給付金が、全部無駄になります」

「まあ、私もそう思ってはいますが」

慎重な物言いをするこうしろうに、香西シェフが言った。

「会場セッティングはあなたが考えてよね。いつものパーティ風じゃ、ダメよね」

こうしろうはシェフには頭が上がらない様子で、「そうですね」と考え込んだ。

「金に糸目は付けないと仰せで……屋台メシをツルの氷彫刻で飾られたテーブルで

食べるのはヘンですし、料理にしても、屋台メシじゃあ豪華さにも限界があるし……」

「アタシは……かき氷とかリンゴ飴《あめ》とかチョコバナナ、そういうものを作ればいいかしらね？」

最高の材料で、とパティシエの三上さんも考え込んだ。

「アニバーサリーですから、記念のケーキもあった方がイイのでは？」

私がそう言うと、いろいろアイディアが出始めて……なんとかなりそうな感じになってきた。

＊

パーティの当日。

こうしろうと私が考えた会場のデコレーションは……。

荒井ビル最上階の道場の畳にパネルを敷き、靴のままで上がって貰うことにした。会場中央に屋台とはひと味違う「キッチンカー」の書き割り（ベニヤに絵を描いて切り抜いたもの）を置き、ここで集中的に「屋台メシ」を調理する。シェフとパティシエが一人ずつしか居ないので、屋台をたくさん並べるわけにはいかない。オープンキッチンみたいで洒落ている、ということにした。まあ、屋台も普通にオープンキッチンではあるけれど。

少し離れたところにパティシエの三上さんの屋台を設《しつら》えて、ここではかき氷や飴類、チョコバナナなどの甘味を扱うことにした。

香西じゅん子シェフが用意したのは、日本三大焼きそばのいいところを集めた「日本一焼きそば」に、最高の材料（明石《あかし》のタコに国産ブランド小麦粉）で作る究極のタコ焼き、至高のお好み焼き、佐賀の呼子《よぶこ》産のアオリイカのイカ焼き、北海道産の最高級トウモロコシを茹《ゆ》でた「ゆできび」、清流で苔《こけ》を食《は》んで育った天然鮎の塩焼き、松阪牛《まつさかうし》の串焼き……。使う塩はもちろん瀬戸内海産の天然塩だ。

「こういう料理にはフランスのゲランドの塩より、瀬戸内海の塩の方が合うのよね」

と、香西シェフが言うのだから間違いないだろう。

セッティングにあまり凝れなかった分、会場には、こうしろうの知り合いだというバンドが入って生演奏を聴かせてくれる。おっさんばかりのアマチュアだが、腕は確かだ。

「仁義なき戦い」のテーマをトランペットがピャラララ～と吹きかけると、レイバン男が飛んでいって「トランペット吹きの休日」に急に変わったりして、会場はなんだか運動会の徒競走でも始まりそうな盛り上がりっぷりだ。

やがて、和やかな雰囲気のうちにパーティが始まった。形式張った仙波さんの挨拶は短く、お祭りなどの関係者や、各地の商店街の人たちがやって来て屋台メシを賞味しているが、その中にはかなりの数のヤクザも混じっている。

彼らは会場に入るなり、仙波議員への挨拶もそこそこに、車椅子の荒井組長のところに駆け寄って、ぴたりと正座し、両手をついて挨拶の言葉を述べている。その姿は、さながら偉大な長老に跪《ひざまず》く部族のメンバーのようだ。

荒井組長が多くの人に慕われていることは、部外者の私たちにもよく判った。しかし、入口には例のダスターコートの刑事が立って、目を光らせている。

しばらく様子を窺《うかが》っていたその刑事・安原は、ゆっくりと入ってきて、荒井組長のもとに真《ま》っ直《す》ぐ歩み寄ろうとした。

それを見たレイバン男の精治や関西のオッサンたちが、すかさず車椅子の老人を護衛するように取り囲んだ。刑事が言う。

「派手にやってるじゃないか、荒井の御大」

「まあ、おかげさんで、なんとか生きとります」

丁寧な口調で答える荒井組長を刑事は問い詰めた。

「これは、ご愛顧感謝パーティと銘打ってるが、その実、ズバリ、義理事だろう？

代替わり襲名披露か？　誰を後継指名した？　それとも出所祝いか？　誰が、どこのLBを出た？　荒井よ、正直に言うのが身の為《ため》だぞ」

　そう言われた荒井御大は頭を下げた。

「旦那、あっしはもう先が長くないんで。見逃してやっておくんなさい」

　安原刑事はハッとした表情になった。

「長い付き合いだが、くだらない嘘《うそ》はつかない人間だよな、あんたは」

　凄く深刻な顔で二人が話し始めたので、私は好奇心を抑えられなくなった。

「それ、何の話ですか？」

「気にしないでくれ、ねえさん。これが私の最後の義理事、いや挨拶だ。私はもうすぐ死ぬんだ」

「またまた〜ウケる〜！」

　私にはギャグだとしか思えない。

「ちょっと君」

　安原刑事は私の腕を摑んで会場の隅に連行した。

「君は、あの人をどこまで知ってるんだ？」

「この前、このパーティの打ち合わせで会っただけですけど、それがなにか？」

「あの人はな、昭和のヤクザの数少ない生き残りで、まさに『仁俠の王道』を歩む……そうだな、いわば重要無形文化財みたいなお人なんだ。間違っても、自分の生き死にを冗談のネタにする人間ではない！」

厳しい顔で言いきったけど、アンタはそのヤクザを取り締まる側じゃないのか？

「私は、仕事として荒井組を監視しているが……荒井の御大には敬意を表してるんだ」

「は？　意味判んないんですけど？」

「私も苦しいところなんだ。荒井さんは仁侠の鑑《かがみ》で尊敬すべき人物だと、いくら私が思ったところで、警察的には『暴力団の指導的人物』でしかない」

どうりで、あのおじいさんが一声あげるとみんな黙ってしまう、その威力にも十分な理由があるようだ。

「ヤクザと言えば何もかも一緒くたに取り締まる、法律とは無情なものだと私は思っている」

立場上、大きな声では言えないが、と安原刑事は無念そうだ。

「荒井の御大は、強きを挫《くじ》き弱きを助ける、古き良き仁侠そのもののお人だ。テキ屋そのほかの正業で得た儲《もう》けを、古くは孤児院や母子寮に寄付したり、年末年始は炊き出しをしたり、ずっとそういう善行を密《ひそ》かに積んできた。無法者が無断駐車して救急車が通れなかったりすれば、荒井組の若い衆がなんとかしてくれた。我々警察や行政の反応が遅い部分を、いつも助けてくれた。しかし、それでも、彼らの分類は暴力団なんだ」

安原刑事は是非もない、と首を振った。

「しかも今のご時世、アコギに儲けないとやっていけないからね、荒井組は火の車なんだ。御大も数年前から病がちで入退院を繰り返していて、そこに区議会議員の仙波が食い込んできた。御大は、そういう今の世の中が、とことん嫌になったのかもしれん」

いつの間にか私の横にはこうしろうも立っていて、安原刑事の話に深く頷いている。

「ま、刑事さん、食べてください。ウチのシェフが腕によりをかけて作った屋台メシは、一味もふた味も違いますよ！」

こうしろうは刑事を会場の中に案内した。

「屋台メシではウチのシェフが腕のふるい甲斐《がい》がないかもと思ったけど、まさに空前絶後、今まで誰も食べたことのない、お祭り屋台グルメを実現しているんですよ！」

安原刑事がまず手を伸ばしたのは、三上パティシエが作ったチョコバナナだった。

「これは、無農薬農法で栽培した最高級の岡山県産の瀬戸内バナナを使い、同じく最高級ベルギーチョコレートのゴディバを惜しげもなく粉砕してまぶしたものです。どうですか?」

甘い物が好きらしい安原はニッコリ笑ってチョコバナナをパクっと頬張ったが、次第に顔が曇ってきた。

「いや、なんか違う気がする。これじゃない、という感じが……」

「こちらのリンゴ飴も最高級……」

三上パティシエがリンゴ飴を差し出した。とにかく赤いリンゴが美しくて、それをコーティングしたシロップが光り輝いている。本当に、見るからに美味しそうなリンゴ飴だ。

「青森産のジョナゴールドにカナダ産の最高級メープルシロップを絡めた逸品でございます」

そうですか、と安原刑事はかぶりついたが……またしても顔が曇った。

「いや……美味しいんだけど……なんか違うんだよなあ」

「そうだよね」

と、隣でチョコバナナを食べていたTシャツに短パンのお兄さんが乗っかってきた。

「いや、たしかに、今日の食べ物はみんな美味しいよ。おれらが作ってたものとは似ても似つかない別物だけど……そうか、こういう風にもなるんだなあ」

と言うところから見て、このお兄さんは屋台でチョコバナナを売っていた人なんだろう。

メインの屋台では、シェフを囲む形で設えた四方のテーブルに、一見ジャンクな、実は高級食材を使って手間暇をかけまくった屋台メシがズラッと並んでいる。

「どれも凄い材料で作ってるんだって？」

安原刑事が訊くと、香西シェフは自信満々にハイと答えた。

「焼きそばのソースは広島のオタフクに特注したモノですし、鮎は清流・長良川《ながらがわ》産の天然ですよ！」

「なんか、食べるのが恐れ多いな」

そう言いながら安原刑事は、焼きそばをずるずるっと啜《すす》り上げた。

「美味い。美味いよ。実に美味い。美味いんだけれど……」

そう言って首を傾げた。

「なんか、しっくりこないんだよなあ」

「魚沼《うおぬま》産コシヒカリのおにぎりはどうですか？　梅干しは紀州、イクラやシャケは北海道直送、海苔《のり》は有明《ありあけ》の一級品を使ってます」

大きく握られたおにぎりにかぶりついた安原刑事は、またしても首を傾げた。その隣では「あ、どうも」と言いながらもスキンヘッドのヤクザがおにぎりにかぶりつき、う〜んと唸っている。

「おにぎりにサンドウィッチ、海苔巻きと言うたら鉄火場や。鉄火場グルメ。博打《ばくち》しながら摘まめるさかい、鉄火巻き言うんやで」

関西のオッサンがウンチクを垂れている。

「この鉄火巻きのマグロは大間《おおま》の大トロやで！　西洋のサンドウィッチは、博打が大好きやったエゲレスのサンドウィッチ伯爵が、トランプ博打をしながら食えるモンっちゅうて発明したんやで。西も東も考える事は一緒や！」

その時、会場の一隅にスポットライトが当たった。

「これより、丁半博打のエキシビション・マッチを行います」

急遽《きゅうきょ》司会を引き受け、マイクを持たされた私が宣言した。

「これはあくまで余興のデモンストレーションなので、お金は賭けませんからご安心ください。警察はそこにいますが捕まりません！」

畳が二畳分敷かれて、ツボ振りと客に扮《ふん》した精治が対峙《たいじ》している。ツボ振りは片肌脱いだお姐《ねえ》さんで、肩には見事な刺青《いれずみ》が入っている。

「精治はこの辺では知る人ぞ知る博打打ちで、御大の大のお気に入り。ツボ振りはヤツのスケ、お京《きょう》さん」

私の耳元でスキンヘッドが教えてくれた。精治はいつの間にかレイバンとネガポジスーツから、晒《さら》しを巻いた博徒スタイルに着替えている。

「あの格好、キマってるだろ？　滅茶苦茶、博打に狂ってる精治だけのことはある。まあ、博打はハマらないと強くなれないんだがな。天才を除いて」

「精治って人はどうなの？　天才？」

「下手の横好きってやつかな？　まあ、プラマイゼロでちょっとだけ勝ってるかな？」

要するに強くはないのだろう。

「入《はい》ります」

お京姐さんはツボにサイコロを二つ入れて、鮮やかな手つきで振った。

「どっちもどっちも」

「じゃあ、半だ！」

客役の精治は木札を滑らせて前に置いた。

客は一人しか居ないから、お京姐さんはそこで「勝負！」と言ってツボを開けた。

サイコロは四と六が出ている。

「シロクの丁！」

見物客から「お～」と言う声が漏れた。

「丁半っても、損もせず儲かりもしねえ見世物じゃツマンネエなあ」

精治はそう言って鉄火巻きを摘まんだ。

「美味い！　今まで食った鉄火巻きの中で最高に美味い！」

そりゃそうだろう。大間の大トロだぞ。

そこで私に疑問が湧いた。

「けど……ギャンブルしながら食べられるってだけなら、別に中身はマグロじゃなくても、キュウリでもおしんこでもいいのでは？」

と、思わず口に出すと、精治が「判ってねえな」と反論した。

「ねえさん。勝負をしてる最中に、カッパ巻きやらオシンコ巻きなんてビンボくさいものを食ってるようじゃ、ダメなんだよ。ここ一番って博打を打つときは、マグロを食うんだ！」

彼は得意そうに言ったが、関西のオッサン・銀次が「そら違うで」と反論した。

「判ってないのんはあんたや。あんた、若いから知らんのやろが、そういったもんでもない。博打の上手《うま》い下手とタンパク質は関係ないねん。カッパ巻きやらかんぴょう巻きしか食わん、凄腕の伝説の博徒がおってやな……」

と、入口を見ると、見るからに危険な香りを放つ男が二人、立っていた。

「噂をすれば影や！　伝説の博徒『カッパ巻きのテツ』と『かんぴょう巻きのケン』が来よったで！　これはもう大勝負や！」

鉄火巻き男・精治はささっと場所を譲り、客の席にはその二人の博徒が並んで座り、「カッパ巻きのテツ」が胸ポケットから札束を出してドンと置いた。

「銀行で降ろしてきたホヤホヤの一千万。真剣勝負だ。今日こそ因縁の決着を付けてやる」

「こっちこそ、望むところだ」

と同じ厚さの札束を、「かんぴょう巻きのケン」がこれまたドンと置いた。

「勝負したらんかい！」

ツボ振りの姐さんは荒井の御大や仙波のオジキ、安原刑事などキーマンの顔を順に見た。

「この勝負、受けますか？」

「受けるがいい」

そう言ったのは、荒井の御大だった。安原刑事もなぜか黙っている。

「では、御大がそうおっしゃっておられますので……ワタクシ、ツボ振りのお京と申します。未熟者ですが、相務めさせて戴きます」

お京姐さんの目がキラリと光った。

「では……入ります」

お京姐さんがツボを振り、客の二人が張った。テツが丁、ケンが半。

「勝負！」

とお京さんが壺を開けようとした、その時。

荒井の御大がストップをかけた。

「そこまでだ。今日はわしの最後のパーティだ。なごやかな会で終わりたい。決着をつけるのは後日、ということにしてもらおうか」

え〜ここまで来て？　ツボを開けるだけで、結果が判るのに……。

想定外の寸止めにイラっとした私は当然、当事者のテツとケンも同じ気持ちだろうと思ったのだが……。

「へい。親分さんのおっしゃることなら言うとおりにいたしやす」

「ワシにも一切、異存ありまへん」

「えーっ！」

ここまでやって勝負の結果をナシにするって、ひどくない？　そら殺生やぁ！

どうせならこの勝負だけでも結果を見せてよ！　と言おうと思った時、こうしろうが口を挟んだ。

「本日はまずこれ切《ぎ》り、という終わり方ですね。双方にご贔屓《ひいき》が多い、人気役者が対決する幕切れにはよくあります。いや、歌舞伎の話ですが」

「お若いの、ごもっとも。まさにそれですな」

御大がご満悦の表情になった。

「本当のところを申せば、今日のこのパーティは、このご時世、お祭りが中止になってテキ屋の仕事もなくなった仲間たちを励ますために、最後にひと肌脱いで企画したものです。なんと言うたか、今風に言うと」

「チャリティ?」

「そう、そのチャリテーだ!」

ようやく本日の趣旨が明らかになった。

「そういう目的であれば、最初からそう言ってくだされば良かったのです!」

こうしろうは珍しく拗《す》ねた。

「おや? 伝えてなかったのか? 仙波?」

御大にそう訊かれた仙波のオジキは恐縮して「言い忘れたかも……」と弁解した。

「まあそういうわけだから。テツとケンの勝負も、余興ということだ」

御大の言葉に、テツとケンもカッパ巻きとかんぴょう巻きを食べながら笑って握手した。

雰囲気が実に和やかになり、安原刑事も「どうやら、私の出番はないようですな」と帰ろうとした、その時。

「こんなパーティ、クソだ！　ぶっ壊す！」

一人の男が叫びながら乱入してきた。

すかさず博徒姿だがレイバンはかけたままの精治、関西のオッサン・銀次、スキンヘッドヤクザその他が立ち塞がってブロックした。

「中に入れろ！　おれは、そこの精治に文句があるんだ！　精治に復讐《ふくしゅう》しに来たんだ！」

「兄ちゃん、今日は大事なパーティなんや。そういうことは明日、よそでやってくれんか」

関西ヤクザの銀次が諭そうとしたが、乱入してきた男は聞く耳を持たない。

「だから、こんなパーティなんかクソ食らえなんだよ！　偽善にダマされるなよ！　ヤクザはしょせんヤクザだ！　人間のクズだ！」

「銀次。その客人を通してあげなさい」

御大が命じたので、ヤクザたちは道を空けた。そうなると逆に、乱入してきた男は前に踏み出す勢いが萎え、立ち竦《すく》んでしまった。

「……タッちゃんか……」

精治が思い出し、相手の前に進み出た瞬間、乱入してきたタッちゃんは怯《おび》えて顔を庇い、腰も引けて逃げ出しそうになった。

「見たか精治？　これ、条件反射なんだよ！　どうしてこうなるか、判るか？　小学校中学校とさんざんお前にいじめられたからな！」

「覚えてるよ。悪かった。本当に悪かった」

精治はそういうと、タッちゃんの前にしゃがみ込み、そのまま土下座した。

「本当に、すまなかった！」

「……これは、どういうこと？」

思わず訊いた私に、精治が答えた。

「おれ、ヤクザになる前は最低だったんだ。自分より弱いヤツばっかりいじめて……特にタッちゃんを」

「どうして？」

「今、どう説明しても言い訳にしかならないけど……おれの父親は、おれが生まれる前から日本中を転々と、長期出張と単身赴任ばかりしてて……家にいる事の方が珍しくて。それで」

寂しかったんだと思う、という精治にスキンヘッドパンクヤクザが正論を述べた。

「父親不在の家庭なんざ世間に山ほどある。それを理由には出来ねえぞ！」

「判ってるよ。だから、何を言っても言い訳にしかならない」

「私らはね、こういう、精治みたいなバカの受け皿になるためにも、私らの存在は必要じゃないかと思って、これまでやってきたんだ」

荒井の御大が、重々しい声で言った。

「そりゃあ、シノギに悪い事もしますがな、カタギの衆に迷惑の掛かることをしてきたつもりはございません」

「だったら、これが最後のパーティだなんて言わないでください！」

私は思わず叫んでしまった。

「荒井さんは、もしかして、なんか、余命宣告とかされちゃったんじゃないんですか？」

「……まあな。私は全身がガンに冒されておる。主治医は、頑張ってあと一ヵ月だと」

「御大！　何でそれを今まで言うてくれんかったんですか！」

関西のオッサン、スキンヘッドに精治、そして仙波のオジキまでが全員、おいおいと泣き始めた。

「まあ、話を最後までさせてくれ」

御大がみんなを宥《なだ》めて、先を続けた。

「タッちゃんとやら。ウチの若いもんが、ウチに入る前のこととはいえ、カタギの衆に迷惑をかけたのは誠に申し訳なかった。だが精治も今はこうして反省している。今夜だけでいい。この年寄りに免じて昔のことも、今夜だけは水に流して、美味しいものを食べて、気分よく過ごしてはもらえないだろうか」

「そうだよ。昔のことはもう変えられないし。今を楽しまなくちゃ」

私もそう言った。前の仕事をクビになった時の記憶、二度と顔を見せるな！　と風月課長に罵倒され、追い出された時のショック、同じ日に彼からも捨てられてしまった衝撃が蘇ってパニックになりそうになったけど、なんとか踏みとどまった。

「あたしだってイヤなこと、ヤバいことは山ほどあるけど、思い出さないようにしているんだから」

思い出したら生きて行かれないから、という内心の声も、なんとか押し殺した。

「精治さん。御大から君のために特別に作ってくれと注文を戴いた、焼きそばパンだよ。ウチのシェフが腕によりをかけて作った逸品だ。さあ、めしあがれ！　ボナペティ！」

こうしろうが、特製の焼きそばパンを二つ、銀の皿に載せて持ってきた。

「精治。お前はいつも言うておったろう？　子供の頃食べた焼きそばパンが懐かしい、あのパンをまた食べる事が出来たら、どんなにか幸せだろうと。だから、この機会に、特に頼んで作って貰うことにした」

御大が言い、こうしろうも促した。

「さあ、あなたと精治さん、お二人で、これを食べて、どうか仲直りして……」

二人が同時に焼きそばパンに手を伸ばした。

「これ……昔、学校でもよく食ってたよな。めちゃくちゃ美味かったんだ！」

「ああ。お前にパシられて買いに行かされてた」

二人は頬張った。

「パンは自由《じゆう》が丘《おか》のメゾン・バゲット、焼きそばは、日本三大焼きそばの美味しいとこ取りしたもの、ソースはオタフクの特製品……」

シェフの香西さんが歌うように言ったが、ふたりの元小学生は浮かない顔になった。

「たしかに美味い。美味いよ。美味いんだけど……だけど、おれたちが食ってて『ウメえなあ！』って言ってたのは、この味じゃないんだよなあ」

「そう。もっと下品な、ベタな味というか……もっと安っぽくて、焼きそばだって、ベタベタした感じで」

「やっぱり」

こうしろうはニヤリとした。

「もしや、そうおっしゃるのではないかと思い、もうひとつご用意いたしております。一九九〇年代の標準的な駄菓子屋で売っていた廉価な焼きそばパンの味を研究して原材料を追求し、足立区《あだち》のコッペパン屋と浅草《あさくさ》の安い焼きそば屋を探し当てて、完璧に再現した一品でございます」

こうしろうは、見た目はさっきと同じ焼きそばパンを一つ、古新聞に載せて運んで来た。

お！　と叫んで目の色を変えた精治は、さっと手を伸ばして一口食べ、あとはスイッチが入ったように一気にむさぼり食った。

「これだ！　この味なんだよ、おれが食いたかったのは！　パサパサのパンに濃い焼きそばのソースが染みこんだ絶妙なしっとり感！　ソースの味までが柔らかくなって……のびた焼きそばとクタクタのキャベツの合体感がこれまた絶品！　しかもちっとも温かくなくて、冷え切っているところまでが堪らないっ！　ありがとうございます！　御大。おれの望みを叶えてくれて……」

そう言った精治は、タッちゃんに言った。

「お前も食ってみ？　マジあの頃の味だから」

しかし、もうその焼きそばパンはない。

「お前が一気に全部食っちまったろ！　やっぱり精治、お前、ちっとも変わってない。いじめっ子のまんまだ。さっき悪かったって言ったけど、どうせ口だけなんだろ！」

タッちゃんは怒りのあまりに泡を吹き、倒れてしまった。

「いかん。こりゃ過呼吸や」

関西のオッサンが異変に気づいてタッちゃんを抱き起こした。

「昔は顔に袋を当てたりしたが、今は違う。ゆっくり呼吸を整えれば、それで治るんや。ゆっくり、ゆっくりと息をして」

関西のオッサンの腕の中で呼吸を整えようとしているタッちゃんの横で、精治は泣いた。

「悪かった……本当に悪かったよ。お前にしてきたこと、悪いと思ってるんだ本当に」

ようやくタッちゃんの呼吸の乱れが治ってきた。

「復刻版焼きそばパンなら、まだ余分がございます。下に駐《と》めてあるウチのバンに積んでありますから、取って来させましょうか？」

こうしろうが私を見た。

「いや、それは悪いんで……タッちゃん、お前、ちょっと行って取ってこいよ」

精治が、つい、という感じで言った瞬間、全員の顔にあちゃーという表情が浮かんだ。

「ほらみろ！　だからそれだ！　そういうとこなんだよ！　やっぱりお前、おれのこと、パシリとしか思ってねーじゃん」

タッちゃんが絶叫して倒れ、また過呼吸がぶり返してしまった。

「なんてこと言うのよ！　だから精治さん、あんたが行って取ってくりゃいいんじゃん」

呆れた私に言われて精治はしょげ返った。

「たしかに、その通りだ。取ってくるよ」

「復刻版か。じゃあ、このチョコバナナの『これじゃない』感も同じ理屈だな？」

さっきのテキ屋の兄ちゃんが手に持った超高級チョコバナナを振った。

「それも、復刻版を用意してあります。こちらではいかがですか？」

こうしろうがパティシエの三上さんから受けとったチョコバナナは、色とりどりの、いかにもカラダに悪そうな色素に着色されたチョコレートでコーティングされ、同じく極彩色のミックスチョコの粒が振りかけられている。

「これだ！　これだよ、おれらが作って売っていたのは」

一口食べたテキ屋の兄ちゃんは破顔した。

「こちらは葛飾《かつしか》区の、バス停の名称にもなるほど有名な安売り果物店で、三房一〇八円で仕入れたバナナに、三〇〇グラム一〇〇〇円の業務用訳ありチョコスプレーをまぶして作ったものでございます……他の屋台グルメにつきましても、それぞれ元の味の再現版が用意してございます」

こうしろうが言うと、香西さんは超高級品版を引っ込めて、新たに焼きそばなどを作り始めた。

ソースが加熱されるその安っぽい香りが、いかにも縁日の屋台の香りそのものだ。私までお腹が空いてきた。

「やっぱりねえ、料理にはTPOが大事なのよね。材料を高級にして丁寧に作れば美味しい、とはならないのね。特に、記憶に残る味って言うのは、シチュエーション込み、思い出補正入りの味だから」

シェフの香西さんはそう言いながら焼きそばを作り、タコ焼きやお好み焼きを焼いた。

「イカとか鮎とか肉は、美味しいものはやっぱり美味しいと思うけど……」

ツボ振りのお京姐さんも笑顔で飲み物や料理を給仕して、場内はいっそう和やかになり、「そうそう、この味!」とか「懐かしいなあ!」という感嘆する声で溢れた。

「宴たけなわではございますが……そろそろお時間と」

私がパーティの終了を宣言しかけたとき、ふたたび異変が起きた。

「おらおらおら、古くせえジジイどもが安っぽい食い物に群がりやがって、貧乏くせえなあ！」

トレーナーやスカジャンを着た若い連中がどやどやと五人ほど乱入してきた。手に手に金属バットを握っている。

一人がいきなり、入口近くに並べてあったグラスの山を叩き割った。

「おうおう京子。お前ここでナニしてる？　アアッ？」

これは私にも判った。いわゆる半グレの連中がやって来たのだ。

「やめろ。出ていけ！」

下から戻ってきた精治が進み出たが、リーダーらしき男のパンチを顔面で受け、そのまま倒れてしまった。自慢のレイバンは粉々だ。

「このレイバン、また買えばいい。しかし一度破った誓い、戻ってこないね」

「ナニ訳の判らないことを言ってる。お前に誓ったことなんかねえぞ！」

だが精治は呻《うめ》き、さらに言った。

「それに……おれの顔にイロをつけたのはお前が三人目だぜ。あとの二人は墓場でオネンネしてら」

「だから訳判んねえことをほざいてんじゃねえ！」

リーダーが精治の腹を踏んづけた。

「もう我慢できねえ！　精治にナニしやがるんだこの野郎！」

スキンヘッドヘビメタパンク野郎が殴りかかったが、簡単に金属バットの餌食になってしまい、床に伸びた。

「京子、こっちに来い。こんな貧乏臭いジジイどもとツルんでても明日はないぜ」

半グレのリーダーらしき男がお京姐さんの腕を掴もうとした。

「なにすんのさ！　あんたとは別れたはずだろ！」

「うるさい！　そんな冴《さ》えない博打打ちより、おれの方が将来性があるぜ。オレオレ詐欺なんか、幾らでもネタはあるんだからな！　ボケたジジババなんか騙《だま》し放題だぜ！」

「ちょっと、そこのあんた。勝手に入ってきてナニ言ってるのよ！」

腹が立った私は、思わずマイク越しに怒鳴ってしまった。

「あ？　なんだと、そこのおっぱいがデカいだけが取り柄みたいなバカ女！」

激怒した私は、マイクを投げた。しかしワイヤレスではなかったので、途中に倒れていた精治の顔面に落下してしまった。

「ここはワシの出番やな」

指をポキポキ鳴らしながら関西のオッサンが前に出て行った……が、相手の迫力に負けて、すごすごと後ろに下がった。

「今日は勘弁しといたらぁ！」

「若い衆。そこまでにしてくれんか」

荒井の御大が声をかけた。

「今日は特別な日だ。どうかここはひとつ、私の顔に免じて、丸く収めてほしい」

「あ？　なんだ？　死に損ないのジジイが。てめぇの顔なんざどうでもいいんだよ！」

半グレのリーダーはそう言うなり三上さんの屋台をどんと突いた。派手な音がして屋台が倒れ、リンゴ飴やチョコバナナが飛び散った。次にこの鬼畜外道は、傍のテーブルに用意されていたデコレーションケーキに目を止めた。

「ありがとう荒井組、か。ばっかばかしい！」

リーダーはそう吐き捨てると、ケーキを金属バットで叩き壊した。柔らかなスポンジケーキと生クリーム、イチゴやキウイなどのフルーツが四散してしまった。

「おんどりゃ、食い物にナニさらすんじゃワレ！」

銀次のオッサンが再び出てきた。今度は本気だ。

「食い物を粗末にするヤツは、このワシが許さん！　食い倒れの銀次の名にかけて、お前を許さん！」

銀次が殴りかかろうとしたとき、タッちゃんが叫んで半グレたちの一人を指差した。

「こここ、こいつ、おれから金を騙し取ったクソだ！」

「なんだって？」

精治が反応した。

「こいつは、『このカードはもう使えないからハサミを入れる』とか言って、おれから暗証番号を聞き出した上で、カードをスリ替えたんだ！　それでまんまとおれの貯金を全部、盗《と》っていったんだ！」

それに引っ掛かる方もバカだと思うけど、もちろん騙した側が悪いに決まってる。

「よし！　タッちゃんのカタキはおれのカタキだ！　御大、スマン。だけど、ここでやらなきゃ男がすたるってもんだ！　野郎ども、やっちまえ！」

起き上がった精治の一声が合図となって、旧式ヤクザと新型半グレが狭い会場でくんずほぐれつの大乱闘になった。商店街やご近所のお客さんには、裏口から逃げて貰ったが……会場にいるはずの安原刑事はなにやってるの？　警察なら、さっさと止めなさいよ！

当然、私たちも参戦した。でも、金属バットもチャカもドスも、何ひとつ武器がない。包丁はあるけど、聖なる包丁を乱闘には使えない！　ということで考えた。剝いたあとのバナナの皮を床に撒いたら、面白いようにスベった。しかし半グレだけではなく仁俠側も盛大にスべって、「誰や！　バナナの皮を撒いたアホンダラは！」と関西のオッサンに怒られてしまった。

ならばと、オレンジを転がして足を掬ってやったが、やはり仁俠側も足を掬われて「往生しまっせ！」と、またもや関西のオッサンに怒られた。

ならばと、今度は調理用容器に移したオタフクソースを、半グレの目を狙ってチユウチュウと飛ばしてやった。

「うわ！」

目に染みるのはタバコの煙だけではない。ソースだって染みる。

それを見たこうしろうは、タコ焼きやお好み焼きの材料として用意した小麦粉を摑んで、半グレ目がけて投げつけ始めた。

目潰しにはならなかったが、煙幕にはなって、辺り一面が真っ白になった。

「御大を！　御大を安全なところに！」

ヤクザたちが御大の乗った車椅子を裏口から階下に降ろし始めた。

その時間を稼ぐために、かき氷のシロップを思いっきり絞り出した私は、半グレたちの顔をベトベトにしてやった。道場一杯に、いちごやメロンもどきの甘ったるい香りが満ちる。するとわんわんという羽ばたきのようなものが聞こえ、茶色いモノが飛び交い始めた。

ゴキブリだ！　古いビルに巣食っていたゴキブリが甘い匂いに誘い出され、あちこちからわらわらと湧き出てきたのだ！

恐怖の光景に私が戦慄し、硬直したところで、ようやく警官隊が到着した。

「警視庁の機動捜査隊ならびに城北署刑事課だ！　全員を逮捕する！」

警官隊のリーダーが宣言すると、物陰に隠れていた安原刑事が現れ、「違う違う！」と怒鳴った。

「捕まえるのは半グレの方だけだ！　住居不法侵入、器物損壊、名誉毀損、それに特殊詐欺の容疑で現行犯逮捕だ！」

とは言うものの、半グレも荒井組の面々も、そして私たちも、ソースやシロップや小麦粉や海苔、かつお節、チョコの粒、生クリームなどにまみれてしまって、誰が誰やら見分けがつかない状態だ。

それでも私は炭酸ソーダのボトルを抱きしめて、私以外のヤツに噴射しまくってやった。

「やめなさい。ヒロミさん！　私だ！」

「おい。いい加減にしろよ、ねえさん」

「そうだよ、やめてくださいよ！」

こうしろうや精治、タッちゃんにまで叱られたが、私だって黒蜜のシロップをぶっかけられて、髪の毛がドレッドヘアーだ。

さらにムカついた私はトウモロコシを茹でていた熱湯を火事場の馬鹿力で持ち上げると、あたりにざばあとまき散らした。

「あち！」

「あちあち！」

「あちあちあち！」

「火傷《やけど》だ！　救急車を呼べ！」

大騒ぎになってしまったけど、これで一気に騒ぎはクールダウンした。火傷したけどクールダウンとはこれ如何に。

＊

「表彰状。アンタはエラい！」

先日亡くなったコメディアンの有名なギャグを真似した安原刑事は、「失礼しました」と詫びた。一度言ってみたかったのだそうだ。

警視庁城北署の会議室で、私たちは警察から感謝状を受け取っていた。

「いやあ、みなさんのおかげで、半グレ集団を一網打尽にできました。これで特殊詐欺の一系統を完全に潰せましたし、連中が手掛けていた薬物取り引きも、これをきっかけに摘発することができました。みなさんには本当に感謝しています」

城北署の署長さんが深々と頭を下げた。

「これで我々警察も、面目を施せました。特殊詐欺事件の捜査は、トカゲの尻尾《しっぽ》切りに終わるケースが多く、なかなか中心人物まで辿れないのですが、今回は巧《うま》く行きました」

「私たちまでが逮捕されて、警察に連れて行かれましたけどね！」

こう見えて根に持つタイプの私は一応、言っておいた。

「本当にその件は申し訳なかったです。あの時、現場は混乱していて、誰が半グレで、誰が荒井組で、誰がケータリングの人なのか、まるで識別不能だったもので」

機動捜査隊の隊長がそう言って詫びたので、私も忘れてあげることにした。

「実は、あの半グレたちを追っていたんですが、なかなか決定打が無くて……しかし荒井さん、あなたのおかげで解決を見ることができました。だから、今回の暴対法ならびに暴排条例違反はなかったことにしましょう」

安原刑事はそう言って荒井の御大を労《ねぎら》った。

「あのパーティは、ただの食事会だったんですよ、旦那。それも無料の。いや、チャリティーってやつだ。昔の仲間を応援する、ね」

「エエもう、それは重々に判りましたので……と言いますか」

安原刑事は荒井組長の前に屈《かが》み込み、その痩せ細った手を握った。

「御大。気弱なことを言わず、なにとぞ、長生きしてください。あなたのようなビシッと筋の通った人間が、今の世には少なすぎます」

「まあ、それは、あとを託す若いヤツらの出来次第だよねえ」

荒井組長はそう言って、後ろに控える精治（壊れたレイバンをガムテで補修している）や、スキンヘッド（負傷して頭に大きな絆創膏《ばんそうこう》を貼っている）、そして関西のオッサンを見た。

「仙波議員には今、別件で取り調べをしておりまして……」

安原刑事が弁解するように言った。

「荒井組の名前を借りて、良からぬ商売に手を染めていたようで……」

「是非もなし、だな。私が元気なら、あの仙波の力を借りることもなかったのだ。いい機会だから後継者を決めておこう」

と、御大が言いだしたのに署長が慌てた。

「荒井さん！　警察署の中で跡目相続の話を決められるのは困ります」

それを聞いて荒井組の一同は肩を震わせ、一斉に笑いをこらえるような表情になった。

「それもそうだ。これは冗談、と言うことにしておいてくだされ」

御大の顔が綻《ほころ》んだ。厳しい表情が笑った途端、親しみ深く滋味溢れる、好々爺《こうこうや》の顔になったので、私はびっくりした。

「で……私どもは」

こうしろうがおずおずと訊いた。

「やっぱりアレですか？　暴排条例違反になりますか？」

「いやいや、それもナシということで！」

安原刑事が慌てて付け加えた。

「だってね、一般市民がチャリティのパーティの仕事を請けただけですからね。それを一体、なんの罪に問えるというのでありましょうか？」

私はこの刑事に、いざとなったら「ヤクザにも五分の理がある」と説教してやろうと意気込んでいたのだけど……ボロを出さずに済んで良かった。

「ほな、三方丸く収まったっちゅうことで、みなさんお手を拝借」

食い倒れの銀次が音頭をとって、「ヨヨヨイヨヨヨイヨヨヨイヨイ、あ、めでてェな」と伝七親分流の二本締めをした。

「ホントはこういうのも困るんだけどなあ」

と署長が呟《つぶや》いたのを私は聞き逃さず、今だ、と思った。

「まあ、今回は警察の皆様にもひとかたならぬお世話になったので……我が店からお礼を。これ、利益供与にはなりませんよね？」

「大丈夫です！」

署長より先に、安原刑事が断言した。

「では……」

ドアが開いて、香西シェフが押すワゴンが入ってきた。並んでいるのは、蓋の上に沢庵《たくわん》が載った、あの「取調室の伝説のカツ丼」だった。

「みなさんでどうぞ。ブランドの下仁田《しもにた》ポークで作りました」

会議室の広いテーブルにカツ丼が並べられ、一同は箸を持ち蓋を取って、一斉に食べ始めた。

「ホントは取調室でカツ丼は出さないし、出しても警察のオゴリじゃあないんですけどね」

と言いつつ、安原刑事も一口食べた。

「美味い！　美味い。美味いんだけど……」

その顔が曇り、精治もスキンヘッドも関西のオッサンも、そしていかにも逮捕歴がありそうな面々の顔も一様に曇った。

「美味いんだけどね、いつものあのカツ丼じゃないんだよね」

「そういうこともあろうかと、警察署の隣のそば屋から出前して貰ったカツ丼も、ご用意致しました」

こうしろうがドアを開けると、何重にも重ねたお盆を担いだ、昔ながらのそば屋の出前が入ってきた。

「ヘイ！　カツ丼お待ち！」

＊

このパーティの一件の評判が評判を呼び、ネットで広まって……というお話はまた今度。

第三話 「不可能を可能にする」メニュー

電車やバスを乗り継いで、上野《うえの》から二時間。

あたしたちは埼玉が誇る高濃度の硫黄泉・三途川《さんずがわ》温泉に辿り着いた。

たしかに、バスを降りるとゆで卵が腐ったみたいな臭いが鼻にガーンとくる。ニンニクの香りならヨダレが出るけれど、硫化水素の臭いがお湯に浸かる快感に直結するほど、あたしは温泉ツウじゃない……。

源泉から噴き出す硫化水素ガスで渡り鳥がバタバタ落ちて死ぬところから名付けられたという三途川温泉は、「濃ゆいスパ」として世界的に有名らしい。ここに来る道中、物知りのこうしろうが教えてくれた。

大口のケータリングや出張パーティの世界ではブイブイ言わせていたLa meilleure nourriture（いまだにきちんと発音できない）は、このご時世で仕事のキャンセルが相次ぎ、宅配弁当や小口の販売にも手を出したけれど苦戦続き。そういう時に失業中のあたしが強引に紛れ込んだ……というカタチでコンニチがある。こうしろうはメートル・ドテル、つまり日本語では給仕長。お客に関わるすべての業務の責任者。料理の責任者はシェフだから、レストランの両輪の片方ってわけね。

今回は、ウチがご指名を受けてお仕事を戴けるということで、こうしろうと社員見習待遇のあたし……申し遅れましたが、居間野ヒロミと申します……がはるばるやってきた訳。

三途川温泉は、「三途の河原《かわら》大露天風呂」が大きな目玉で、この露天風呂は日本有数の広さらしい。源泉が凄く熱いので、どれだけ広くてもお湯が冷めないのが自慢だそうだ。

その大露天風呂を中心に、老舗《しにせ》旅館やホテルが密集している。その密集具合が昔の温泉街そのまんまで、それも名物になっている、ことも、こうしろうの受け売りだけど。

温泉街の真ん中には小川が流れていて、赤い太鼓橋が架かっている。川面《かわも》からは温泉地らしく、湯気が立っている。

「温水だからって熱帯魚を放す客がいるのですが、硫化水素泉だけにかなり強い酸性で、熱帯魚はすぐ死んで骨になってしまうんですよ」

「だから三途の川なのね！」

ちょっと違いますが、とこうしろうは言いながら温泉街を進んでゆく。

射的やスマートボールが並ぶ懐かしい感じのお店や温泉饅頭を売るお店、昼間から開いている飲み屋さんに食堂、そば屋さんなど、旅情をそそる通りを抜けると、巨大なお風呂屋さんみたいなというか、歌舞伎座そっくりの屋根のある建物が出現した。

「この町が誇る三途川ミュージックホールです。毎年夏に、そこそこ知名度のある国際的な音楽祭が開かれて、著名な音楽家が訪れるんですよ！」

「でも、ミュージックホールって、ストリップを見せるところじゃないんですか？」

「え？　ヒロミさんは『うぐいすだにミュージックホール』、知ってるんですか？」

中年を過ぎようとしているこうしろうは、妙に嬉しそうに歌の一節を口ずさんだ。

「笑福亭鶴光《しょうふくていつるこ》、往年のヒット曲！」

「知りません」

そうですか、とガッカリした顔になった。

「まあ、このホールは響きがよくてクラシックに向いているそうです」

「お風呂屋さんってよく響きますもんね！」

とあたしが言うと、こうしろうは「それもちょっと違うなあ」と呟いた。

そのミュージックホールの裏手に、町役場があった。こっちは普通の、なんの面白みもない、小学校みたいな地味な建物だ。

こうしろうは「ちょっとお手洗いに」と、あたしをロビーに置いて行ってしまった。

あたしがベンチに座ってスマホを見ていると、地元の人らしい老人が三人、ニヤニヤして忍び寄ってきた。

「ねえちゃん、おっぱいがデカいのう」

「ここの湯に入ればもっとデカくなるぞ。どうだね、これから一緒に、町営の露天風呂に行かないか？」

「そうだそうだ。この時間なら誰も入っていないから、混浴ができるぞ。どう？」

まだ枯れていない現役風の爺《じい》さんに、口だけ風の爺さん、そしてエロに目がなさそうな爺さん。まあ衰え具合に段階はあっても、ナンパが命の不良ジジイだ。

「巨乳の湯、ですか？　ホントに巨乳になるの？」

「おお、なるともなるとも。お湯の中でモミモミしたら、さらに効果テキメンだ」

「ワシが慣れてるから揉んでしんぜよう」

「ナニを言う。ワシは一級揉み師の資格を持っとるんだぞ」

不良老人三人は猛アピールしてきた。

「あら～それっていいかも～！　じゃあ、みんなで混浴しましょうか？」

「しようしよう！」

老人三人はあたしの手を取り腕を摑んで今すぐにも拉致《らち》しようという勢いだが、如何《いかん》せん力が入らず、あたしの腕を引っ張ろうとしたところでヨタヨタして転びかけた。

こういう気のいいおじいさんたちとシモがかった話をするのは嫌いじゃない。エロいのは元気な証拠だし、害もないんだし。

しかし、戻ってきたこうしろうは違った。

「あなた方、ウチのスタッフに何をしているのですか！」

長身のこうしろうに叱咤《しった》された老人たちは縮み上がった。

「あなたがた、今の発言はセクハラです。うちのスタッフに謝っていただきたい」

毅然《きぜん》とした態度のこうしろうに気圧《けお》されてロビーから逃げるように立ち去りつつ、老人たちは捨てゼリフを口にした。

「なんだよ、これくらいで」

「ワシらは胸をホメただけなのに」

「ねえちゃんだって喜んでいたでねえか」

あたしもその時は、老人たちの言う通りだと思ったので、こうしろうに文句を言った。

「何もそこまで言わなくても……たかが無害な、お年寄りの軽口じゃないですか」

「いいや、違いますね！」

こうしろうは頑として否定した。

「あなたは自尊感情が少な過ぎる！　こういうことにはきちんと怒らなければダメです。それが日頃の態度にも滲《にじ》み出るのです！」

そうは言うけど、ジソンカンジョウ？　ってナニソレ？　言われるのは二度目だけど。

「あの手の連中が無害、などということはありません。ホモソーシャルをバックグラウンドとする極めてローカルな人間関係が生み出す凶悪さを、あなたは甘く見過ぎている！」

また訳の判らないことを言われたと思ったあたしは、あーはいはい……とは、流石《さすが》に流さなかったが、とりあえず「判りました。今後は気をつけます」とその場を納めた。

実はこうしろうが正しかったということを、あたしは後から思い知ることになるのだが。

「町長さんに会いましょう」

「は？　マダムバタフライに？」

そういうボケは要《い》らないから、とあたしはこうしろうに引っ張られて、エレベーターで四階に上がった。

大きなデスクに応接セットのある町長室には、貫禄《かんろく》のある、如何にも町のボスです、という感じの町長。そしてもう一人、白髪で和装の、謎のおじさんがソファに座っていた。

「私が三途川の町長、丸山米三《まるやまよねぞう》です。そちらは私の相談役のような、雄山先生《ゆうざん》」

そう紹介された「雄山先生」はカタチだけ小さく頭を下げた。

こうしろうは、町長よりも「雄山先生」に拝跪《はいき》するかのように、深く頭を下げている。

「今回わざわざお越し戴いたのは、宴会のケータリングをお願いしたいと思いまして」

「有り難うございます。して、どのような？　どういう趣旨の宴会で、何人ほどが参加されて、立食か着席か、和風か洋風か、予算は」

こうしろうは矢継ぎ早に質問した。

「まあまあ、それはおいおい話します。そもそも我が町では、毎年、『温泉で桜を見て温まる会』ちゅうのをやっておりましてな、毎年盛況で参加者には喜ばれとるわけです」

町長はテレビをつけて、以前に撮ったというビデオを再生させた。

「町内の公園をぞろぞろ歩いて桜を見て、その後は温泉に入って、ミュージックホールのロビーで立食パーティをやるわけです」

画面には豪華な料理の数々が映し出された。その場で切り分けるローストビーフ、豪華なオードブル、その場で握るお寿司《すし》に天ぷら、めでたい鯛《たい》のお造り……飲み物もお酒はすべて網羅して、デザートも各種ショートケーキにチョコレートファウンテンまである。

「なかなか豪華なパーティですね」

「そうだろう？　これをまたやりたいんだ」

「結構ですね。シェフも腕が鳴るでしょう。シェフがローストビーフをやるとしても、寿司職人は誰かにお願いしなきゃいけませんね。天ぷらも、板さんをお願いして……」

こうしろうは頭の中で計算をはじめた。

「いいパーティだろう？　毎年五百人もの人が参加して楽しんでいるのだ。しかし、町議会にはうるさいのもおって、これは町長の選挙活動ではないか、出される料理に対して会費が安すぎるとか、いろいろ文句を抜かす阿呆《あほう》も多いわけだよ」

雄山先生が言い、町長もそうそうと頷いた。

「で、これを、一人五千円の会費、参加者五百人で賄いたい」

「またまた」

　こうしろうは笑顔で、雄山先生のジョークを受け止めた。

「会場費を除外するとしても、材料費、ウェイターを含む人件費を考えれば、予算的には一人、一万五千円クラスですねえ」

「それでは困るのだ！」

　雄山先生は頑として言い、町長も大きく頷いた。

「そう。一人頭五千円でやってほしい」

　それまでいい仕事が来たとホクホクしていたこうしろうの顔が引き攣った。

「イヤそれは無理です……ウチに泣けとおっしゃるので？　赤字を出してでもやれと？」

　こうしろうは本当に泣き出しそうだ。

「ほかならぬ雄山先生のご依頼ではありますが、ウチも今は生きるか死ぬかの瀬戸際で、赤字を出すユトリはないんです……ご勘弁を」

　席を立とうとするこうしろうに、雄山先生が「待ちなさい！」と大声で威嚇《いかく》した。

「こっちもね、生きるか死ぬかの瀬戸際なんだ。四年前に開いたこの会に、公職選挙法違反の疑いが出ている」

そうとも、と町長も口を揃えた。

「根も葉もない言いがかりで困り果ててるんだ。私を引きずり下ろそうとする反対派が、悪評を流布している。こういう田舎《いなか》町は、選挙の遺恨が数代後まで尾を引くものでな」

町長がビデオを早送りした。

画面は町議会。白いスーツを着た女性議員が質問に立っている。三十代の女盛りで、スタイルもよくて、どっちかと言えば美人ではあるけれど、目に険があってキツい系だ。

「こいつが町議会議員の吾妻《あづま》ヒナコだ！」

町長が憎々しげに言った。

画面の中の吾妻ヒナコ議員はキツい口調で町長を追及している。

『ですから、こんな宴会がたった五千円、五千円ポッキリで出来るわけがないじゃないですか！　これは有権者に対する利益供与に他なりません！』

無理に笑顔を作った町長が答弁に立つ。

『はは、何を言うんだ。だいたい選挙運動なんぞしなくても落選する筈《はず》がない私だよ？　支持基盤が盤石な私が、ヘタな買収など、する動機がないじゃないか！』

しかしヒナコ議員も負けてはいない。

『私が言っているのは町長選挙ではなく三途川町の町議会選挙です。この前の選挙では、あなたの後輩の徳吉功氏《とくよしいさお》が立候補し、最下位で当選しましたよね？　こう言っては悪いですが、箸にも棒にもかからない男と言われ、勉強もダメ、家業を継がせようとしてもひどい損失を出して、もうこうなったら議員にでもするしかない、と言われているあの人が』

カメラはパンして、そのダメ議員らしい男を映し出した。なるほど、見るからに頭が悪そうでヘラヘラしたダメ男だ。

カメラは憤然としている町長に戻った。

『ただいまの吾妻ヒナコ議員の発言は、徳吉議員に対する不当な誹謗《ひぼう》中傷と名誉毀損です。地方自治法第百三十四条および第百三十五条に基づき、懲罰動議を提出したいと思います』

町長はビデオを止めて説明した。

「まあこの会は、例年、私の支持者と後援会の会員を呼んで、一人頭五千円の会費を取って盛大にやってるんだが、それを、このクソ女が問題にしおって」

「吾妻ヒナコ議員は、町長の失政を追及する町長反対派の急先鋒《きゅうせんぽう》で、当選一回だがド派手に活動しとるんだ」

雄山先生が解説した。

「この女議員は、参加者から集めた会費ではこの会は賄えない、足りない分を町長が自腹で補填してるんじゃないか、それは町長の事前運動じゃないか、町長は政治資金規正法や公職選挙法に違反している、と追及したが、それがイマイチ住民にアピールしなかったので、今度は、町長からセクハラされたと騒ぎ立てた。マスコミに訴えて裁判まで起こしよって……以来、ヒナコを支持する連中と、町長を支持する古くからの町民に、町は二分されて、大変なことになっとるんだ」

「で、あのう、町長は何をしたんですか？」

あたしは好奇心に負けて、つい訊いてしまった。

「なんも、しとらん！　だいたいあんなじゃじゃ馬女は好かんから手も触れたくないんだ！　見た目は美人だが性格が悪いから、正直に『性格ブス』と言い、何かの時にお尻をポンと叩いたらしい。わしはまったく覚えておらんのだが、あの女が痴漢されたと大騒ぎしとる。相当なタマだなあの女は」

町長は画面上の吾妻ヒナコ議員を指差してひとしきり喚《わめ》くと、一時停止を解除した。

『町長は参加者から徴収した五千円に自腹で多額の上乗せをして豪華な料理を振舞い、前回の町議会選挙で徳吉候補への投票をお願いした。その結果、同年の町議会選挙で徳吉議員が最下位で滑り込み当選をした。これは供応を禁じる公職選挙法に違反しています』

　吾妻議員の鋭い追及を、町長は薄笑いを浮かべて否定した。

『馬鹿馬鹿しい。神かけて誓うが、絶対に、一人五千円以上はかけていない。当然、会費内できっちりやっております。言いがかりは止めて戴きたい』

　これには吾妻議員も黙っていない。

『では政治資金規正法はどうですか？　町長の後援会は、この会への支出を政治資金収支報告書に記載しておりませんが？』

『支出していないから、当然、報告書にも書いておらんのです』

　町長はニべもなく言った。

『判りました。では、この会を挙行したことについての、業者の領収書と支出明細を出しなさい！』

『そんなものはありませんよ。とっくに廃棄しました』

『廃棄した⁉　税制上、五年間は保存しなくてはならないはずでしょう！』

『違うね。政治資金規正法では三年でいいことになっている。もっと勉強してから言いなさい』

『政治資金規正法違反で訴えられた場合、時効は五年ですよ！』

『アンタが訴えるとは思ってなかったから時効は三年だ！　もううるさい！　女は

黙れ！　とにかくルールでは三年だ。間違った事はしていない！』

『それはルールがおかしい』

『じゃあ、アンタが国会議員になって法律を変えなさい！　繰り返し言うが、補塡などしていない。頭から疑われるのでは、あんたとのコミュニケーション自体が不可能だ』

『今の言葉、忘れないでくださいね。もしも事実と違っていたら、町長、あなたは神聖な議会で嘘をついたことになるんですよ？　私へのセクハラの件も、忘れていないでしょうね？』

『やってないものを覚えているわけがない。あんた、ビョーキなんじゃないか？』

それに吾妻議員は激昂《げっこう》した。

『議長！　不規則発言！　議員への侮蔑発言が出ましたよ！』

ここで町長はビデオをまた止めた。

「な？　判るだろ？　もう、こじれにこじれて、ついに百条委員会を開いて落とし所にしようかというところにまで来てしまった」

「いや、百条委員会をやればまだよかったんだが、町長がつい……」

今度は雄山がそう言いリモコンを操作した。

画面には、別の日の審議の様子が映った。

『よろしい！　そこまで私を疑うなら、我が身の潔白を証明するために、五千円ポッキリの宴会を再現してみせようじゃないか！　五千円だ。五千円で宴会がやれれば、アンタは納得するんだろ？』

町長はそう見得を切り、吾妻議員は一瞬、驚いた表情を浮かべたが『やれるものなら、やってみてください』と言って質問を終えた。

「と、言うことなんだよ。判ったかね？」

町長が、こうしろうとあたしの顔を覗き込んだ。

「それなら、前回頼んだ業者にまた依頼すれば良いのでは？　ウチとその業者とでは、仕入れも調理もいろいろ違うのでしょうし……」

そう答えたこうしろうに、雄山先生が「判らんヤツだな！」と一喝した。

「その業者はもうないのだ！　ないから頼めんのだ！」

私はすでに廃業したのだから、と言う雄山先生は、キスが出来そうな距離まで顔を寄せてこうしろうに迫った。

「だからお前に頼んでるんだ！」

と、また吠《ほ》えた。

「メニューを再現して町長の潔白を晴らすのは、来週の今日だ！　それまでになんとかするんだ！　わしの弟子なら出来るはずだ！」

＊

「というわけで、この仕事、受けるしかなかった」

東京のお店 La meilleure nourriture に戻って、こうしろうはみんなに説明した。

「実は、依頼してきた雄山先生は、私の師匠なのです。『陰の食の権威』と呼ばれる、知る人ぞ知る、『食のドン』で」

「え〜。そんな面倒くさい人がいるんですか」

「現にいたろ！　キミも見たろ！」

「だけど、そんな食の権威がどうしてあんな田舎でケータリングを？　そしてその会社がどうして潰れちゃったんですか？　権威なら潰れないでしょ？」

沈着冷静なこうしろうが、ちょっとムキになった。

「食の権威だからだ！　味やクオリティに妥協できなかったので経営に失敗したんだ。勝新太郎《かつしんたろう》が予算を度外視して映画を作り続けて、会社を潰したのと同じことだ」

またもよく判らない喩《たと》えを持ち出す。

「とにかく、あの先生が私の師匠で、師匠が赤坂《あかさか》に店を持っていた頃、フランスから帰国した私が弟子入りした結果……今がある」

それを聞いた全員が、複雑な表情になった。

「その、今がある、という言い方は、成功した人が使う……」

シェフの香西さんが思わず、という感じで口にした瞬間、場の空気が凍りついた。

艶やかなロングヘアが美しいが、性格は職人気質《かたぎ》で、白黒をハッキリつけるシェフだ。

「ちょっと。それを言っちゃオシマイよ」

ふくよかで性格もおおらかなパティシエの三上さんが庇ったがフォローになっていない。

「こんなご時世になるまでは順調だったんだし」

「まあとにかく、師匠と弟子ってそういうものですよね。師匠の恩がある以上、断れないってことよね」

そうなんです、とこうしろうはベテラン女性ふたりに頭を下げた。

「それはともかく」

香西さんは、こうしろうが持ち帰った「四年前の資料」に目を通しながら首を捻った。

「これを一人五千円で作るのは絶対無理よね」

「判ります。仕方がない。不足分は私が自腹を切ります。なけなしの貯金を切り崩して」

涙目になって肩を落とすこうしろうに、あたしは言わずにいられなかった。

「そんなの、絶対おかしいです！　あのクソ町長はウソをついているのに決まってます。議会でもウソをついてたってことでしょう？　そんなヤツのために貯金を吐き出すなんて……冗談じゃありません！」

あたしは断言した。

「絶対に方法はあります。あるはずです。五千円でこの宴会、成立させましょう。なんとしても！」

自腹を切るというこうしろうを止めたあたしは、「一人五千円で宴会を成立させる」ことが町長のウソへの荷担になる、とまでは考えが及ばなかった。

とは言え、明細も領収書も残っていない。資料は写真やビデオだけ。それを元に、豪華な料理をお一人さま五千円の予算で再現するという「不可能」に挑戦しなければならない。

「ほとんど罰ゲームでしょ、これ？　NHKの『プロフェッショナル』か『逆転人生』が取材にでも来ない限り、ワリに合わないわ」

シェフの香西さんは嘆いたが、やるしかないのだ。

「だけどこの実験、町長の意図とはまったく無関係に、奇跡を起こすことに興味が湧いてきたわ。そう思えばやる気も出る。まあ、毒ガスを作るダークサイドに堕《お》ちた科学者みたいな状況ではあるけど、喩えて言えば今は『優れた毒ガス』を作ることで頭がいっぱいよ！」

シェフは、写真やビデオ画像から、供されたメニューを書き出した。

ローストビーフ、各種オードブル、一皿五貫の握り寿司、一口サイズの冷やしそば、ビーフシチュー、野菜サラダ、鯛のお造り、一皿五種類の海老《えび》・キス・茄子《なす》・大葉・シシトウの天ぷら、グラタン、カレーライス、ピラフ、ミートソースやボンゴレのスパゲティに各種サンドウィッチ。

デザートは各種ショートケーキ、エクレア、チョコレートファウンテン。

「飲み物は水で薄めたり低級品でなんとかなるとして……問題は料理よね。肉はもちろん全部輸入肉にする。お寿司は激安回転寿司のノウハウをパクって、おそばも駅そばをパクって……高コストのメニューの量を減らして、その分カレーやスパゲティとかを増量して。あとはトリカラとか……安くて嵩《かさ》のあるものをドーンと置けば、なんとかなるか……」

香西さんはホワイトボードにがんがん思い付きを書き込んだ。

「デザート類はけっこう簡単よ。いくらでも安く出来る。最悪、賞味期限を過ぎたケーキとかを買い集めればいいんだし、あの会だとオッサンが多いから、ケーキとかあんまり食べないでしょ。並べとけばいいみたいな」

「あ、それは当然。もちろん食材はすべて賞味期限ぶっちぎりのもので揃えましょう」

「味は……大丈夫ですか？　雄山先生の名声を穢《けが》すわけには……」

こうしろうがおずおずと言った。

「あのね。賞味期限が多少過ぎてたって、味に変わりはないのよ。過敏なのは素人《しろうと》さん」

香西さんはそう言いきった。

「飲み物はほら、この前、某コンビニの、缶のデザインのスペルミスで発売出来なくなりそうになったビールがあったでしょ。あれ中味は問題ないんだから、あるだけ買い集めましょう。それと、スーパーなんかの誤発注で余ったヤツとか、売れ残りのヤツとか……」

「見た目だけでは高級品と見分けがつかない食材もね。カニカマとか、なんちゃってキャビアとか人造イクラとか」

ベテラン女性ふたりは盛りあがった。

「スーパーのバックヤードに行けば、豚の餌になってしまう食材が山ほどあるのよ」

「あの、くれぐれも雄山先生の名声に傷が付かないように……」

　こうしろうは、女性ふたりの勢いに小さな声でお願いするしかない。

「もちろん。切り詰めて余った予算は、誤魔化せないものにドーンと使う。端的には鯛のお造りね。煮魚やフライなら、奇怪な深海魚で代用しても判らないけどね」

　シェフとパティシエの二人は、ますます楽しそうに盛りあがっている。

「ところで今回の実証実験みたいな宴会の経費は、誰が払うの？　また会費を取るの？」

　香西さんに確認されたこうしろうは、青くなった。

「あ、それ、確認してません……」

「あなた、いつもの完璧でそつがない人とは思えないわね。師匠の雄山先生って、そんなに怖いの？　今回のあなたはなんかヘンよ。赤字分は自腹で補塡すると言い出したり」

　香西さんはこうしろうを睨《にら》み付けたが、やがて溜息《ためいき》をついた。

「食材の仕入れは現金トッパライで買い叩く方が安くなるのよ。五千円×五百人で、予算は二百五十万。用意して。今すぐに」

　こうしろうは必死の形相で三途川町の町長に電話して談判した。

「すぐ、振り込むそうです。向こうもなんだか背水の陣のようで」

入金を確認したあたしたちは手分けして、兎《と》にも角《かく》にも安い食材を集めに走り回った。

時節柄、高級食材がだぶついて値下がりしていることと、とりあえず現金が欲しい業者が多いのは不幸中の幸いだった。人の足元を見るのは申し訳ないけど、この際仕方がない。

そして……悪戦苦闘の結果、なんとか材料を揃えて、人件費は別として、奇跡的に予算ぴったりの「お一人さま五千円」で、宴会料理五百人前を用意することが出来たのだ。

＊

いよいよ宴会、別名「四年前と同じ、お一人さま五千円で宴会が出来るかの実証実験」の当日がやってきた。

予算内で料理を用意出来るのかという実証だから、料理は作る。作ったものは無駄にしたくないからお客を呼ぶ。そういうことだ。

あたしたちが朝早くから会場の「三途川ミュージックホール」のロビーで準備していると、参加者が三々五々、集まってきた。

入口では町長の関係者が会費を徴収している。これも「例年通り」を再現しているのだろう。

会場には、ローストビーフを焼く香り、天ぷらを揚げる香りが立ちこめている。サラダやカレーなどは雄山先生のケータリング・キッチンを借りて調理した。雄山先生はこうしろうの師匠だが、香西さんの師匠ではない。だから、香西さんとは調理法や味付けを巡って一触即発の火花が飛んだのだが、長くなるので、それはカット。

「そろそろ開宴の十三時です。みなさん、準備はいいですか？」

あたしたちは「おー！」と叫んだ。

写真やビデオを参考に、四年前とほぼ同じレイアウトで会場を設営する。

ローストビーフはシェフの香西さんがその場で焼き、焼きあがった肉をスライスしてソースをかけてお皿に盛る。寿司は銀座《ぎんざ》の名店の見習い職人を今日だけ頼み、天ぷらはパティシエの三上さんが兼任、おそばはあたしが器に盛って出す。

各種オードブルやサンドウィッチ、ビーフシチュー、トリカラや野菜サラダ、鯛のお造り、グラタン、カレーライス、ミートソースやボンゴレのスパゲティは、こうしろうが足りなくなったところで都度、補充する。

デザート各種は、三上さんが天ぷらを揚げつつ目を光らせ、作ってきたものを補充する。

各種ドリンクもこうしろうが用意して、入口でグラスを渡していく。

試食段階では、さすがに香西さんの腕は確かで、激安だったり期限切れ寸前の食材とは思えない味で、まったく問題を感じない。

「鮮度が悪い肉と野菜は煮込み料理に使う。これはもう料理の常識だけど、これでシチューとカレーとミートソースはクリアね。味が濃いから全然判らないでしょ？」

香西さんは鼻高々だ。その上、時間をかけて煮込んでいるから、シチューもカレーも肉はトロトロで極上の味だ。

サラダも、ヘナヘナになる寸前の野菜を氷水につけてシャキッとさせてドレッシングで味を誤魔化し、余った野菜でオードブルやサンドウィッチの具を作った。

ローストビーフも、安い輸入肉に松阪牛の網脂を被せてじっくりオーブンで焼き、ところどころに松阪牛の脂身を埋めたので、見た目はバッチリで味もジューシーで文句なし。

鯛のお造りだけは誤魔化せないから、新鮮な鯛を調達したが、これだってワケアリの魚問屋から現金トッパライで仕入れたモノだ。これに関してだけは現品限りで補充なし。

飲み物は、どれも、薄い。ビールも薄くして炭酸を足して「特製ドライ」と称しているし、ワインも水で割って「飲みやすい特別ボージョレ」と謳《うた》うと、みんな納得した。不思議なことに、味に妥協をしないはずの雄山先生も「うむ」とか頷いて飲み食いしている。こいつ、本当に味が判るのか？

奇跡的に予算が少し余ったので、弦楽四重奏団を呼んで生演奏して貰《もら》っている。学生だが、人前で演奏するチャンスに飢えているので、みんな一生懸命にモーツァルトやヴィヴァルディを厳かに演奏している。

しかし、これが効いた。生演奏がこの宴会をグレードアップした。なんだかホテルで執り行う華やかなパーティのようで品格が醸し出されたのだ。音楽の力、恐るべし。

スーパーマーケットでチープな音楽が流れていると、値段まで安く感じて商品が売れるって言うけど、その逆もアリだったのか……。

参加者にも緊張感が広がって、酒が薄いだの、もう無いのか鯛の刺身は？　などと文句を言う人は皆無。みんなマナーに気をつけてフォークを使っている。

「去年はよぉ、スパゲティなんか箸でズルズル啜《すす》り込んでたけどよぉ、今年はアレだな、それやったら、あそこに立ってるオヤジに怒られそうだな」

と、地元民らしいオッサン同士がこうしろうを指差し、ぎこちない手つきでスパゲティをフォークに絡めて食べている。

「いつもより酔いが回らないなあ」

長老のような老人が、こうしろうに文句を言った。

「それはもうお客様、今日のお酒はどれも良いものばかりですから、酔いも上品にやってくるのでございます。とりわけ大吟醸は口当たりがよくて、たくさん召し上がっているうちに、急に来ます。お気を付けくださいませ」

こうしろうは丁寧な態度でウソをついた。今日並べた日本酒に大吟醸はない。みんな瓶だけで中味を入れ替えてある。

「イヤ結構結構。ホントに予算内に収めてくれたんだね。わしは、半分くらい無理だと思っていたし、料理がカレーと焼きそばだけになってしまうんじゃないかと危惧していたよ」

町長が上機嫌でこうしろうの肩を叩いた。

おそばも人気で、どんどん出ていく。市販の麺と市販のそばつゆなんだけど、みんな美味い美味いコシが違うダシが違うと大喜びだ。あんまりマジに舌鼓を打たれると、「すみません！」と謝りたくなってくるほどだ。

上機嫌に味を楽しんでいるお客の中で、一人だけ不愉快そうな怖い顔をしたヒトがいる。吾妻ヒナコ議員だ。ビデオに映っていたのと同じ白いスーツを着て、ローストビーフをじっくり検分しつつ食べている。少し首を傾げたが、鯛のお造りに伊豆の生山葵《なまわさび》を乗せて口に運ぶと、頷いて目を閉じてしまった。

「どうかね？　美味いだろ？　これ、予算内でやったんですよ。どうだい、参ったか！」

町長が得意満面のドヤ顔で、吾妻ヒナコ議員に話しかけた。

「本当に予算内か、明細をきちんと示して貰わないとねえ。ハイそうですかと信じるわけがないでしょう」

もちろん私たちは、すべての領収書を取ってあるし、キッチンを借りた雄山先生にも、四年前と同額だという借用料を払っている。

それらのすべてを会場にある大型モニターに映し出した。

「この収支の計算は、三途川町役場の、経理の方に検算して貰いましたので」

こうしろうが言い添えた。

「一人五千円で五百人。〆《しめ》て二百五十万円の予算で、ホラこの通り、弦楽四重奏団の出演料に交通費を合わせても、二百四十八万二千八百五十二円ピッタリ！」

町長は得意満面で封筒に入ったお金を近くのテーブルの上に広げた。

「お釣りの一万七千百四十八円はここにあります。さあ、どうする?」

「その使途が果たして正確なのものか、金額が操作されていないか、疑問があります!」

あたしたちは思わず「え～?」と声を出してしまった。こんなに努力して安く上げて、証拠まで揃えたのに……数字を改竄《かいざん》してるだと?

「領収書が不正確だって言うんですか? じゃあどうすればキチンとやったって認められるんですか? 二百五十万の予算をはみ出れば納得するんですか?」

え? どうなの? どうなのさ? とあたしは吾妻ヒナコ議員に詰め寄ってしまった。

「あたしたちが町長とグルになってると言うわけ? なんの縁もゆかりもないオッサンの味方をする義理なんか、ないんですけど!」

あたしの剣幕に、ヒナコ議員はタジタジとなった。

「だけど、あなた方は仕事としてこの『検証の宴会』を請け負ったのよね? ということは、クライアントの希望に添うべく、結果を出そうと全集中で努力した訳よね?」

「そうですよ。その結果がこれです! あたしたちの努力をバカにするんですか!」

これではもう、町長べったりのスタンスだけど、それだけあたしたちは与えられた条件をクリアしようと頑張ってきたんだから……。

ヒナコ議員は黙ってしまった。実際に「お一人さま五千円」でやれることが実証されてしまったのだから、無理もない。

が、その時、別の問題が起きた。

町長の後援会が独自に用意したコンパニオンさん（いつもは旅館の仲居さんらしい）が「やめてください！」と悲鳴を上げたのだ。その声は、会場に響き渡った。

よく見ると、会場の一隅で、見覚えのある爺さんたちが三人、若い女性を取り囲んでニヤニヤしている。

あれは……町役場であたしにセクハラをしてきたエロジジイ三人組ではないか！

「いいじゃねえか、減るもんでなし」

「口だけなんだよわしらは。大事なモノはもう役に立たないんだし」

「老い先短い老人を虐《いじ》めるなよ……」

そう言いながらエロジジイたちは手を伸ばして、その女性を触っている。

「だから、やめてくださいってば」

その女性は嫌がっているが、エロジジイ三人は急に耳が遠くなったフリをしてお触りをやめない。

セクハラをされているその女性は、バストが大きくて、目と目の間が離れている愛嬌《あいきょう》のある顔立ち、ぽってりした唇が男心をそそるタイプだ。

「なあ、お小遣い上げるから、わしの役立たずを元気にしてくれんかのう」

「わしは年に一回元気になるから、最後の子作りの相手になってくれんか？」

かなりひどいことを言われているのに、その女性は真っ赤になって俯《うつむ》いてモジモジし、内股になった腰をくねらせるだけ。

町長もそれに気づいたが、特に注意することもなく、エロジジイと一緒になって笑っている。

そんな様子を見たあたしは、なぜかとても腹が立ってきた。それは、自分でもヘンだと思う。同じことを自分が言われたりされても、特に何も思わなくてヘラヘラしているだろうに、なぜこんなに腹が立つんだろう……。

「あの子、ヒロミさんに似ているわね」

と、パティシエの三上さんに言われて、ハッと気がついた。確かに、あの女性は、顔立ちといい雰囲気といい、あたしにそっくりだ。

え？　あたしって、あんなにユルユルで隙だらけに見えているってことなの？

そうか。隙だらけだから、あのエロジジイどもはつけ上がってるのか。

「やめてください！　いや、やめなさい！」

気がついたらエロ老人たちの間に割って入っていた。なんだかセクハラされているのが自分であるような気になってムカついたのだ。

「なんだ。誰かと思ったら巨乳姉ちゃんか」

途端にエロジジイたちの矛先《ほこさき》があたしに向いた。要するに相手は誰でもいいのだ。

「うるせえな、この死に損ないのヨボヨボが。あそこが立たない分、口は立つんだね！」

「ナニを言う。乳のデカい女は栄養が全部オッパイに集まって頭は空っぽだ。バカ女の分際で口答えすんでねぇ！」

「うるせえ！　死に損ないのカスジジイが！　お前ら誰にも相手にされないから、大人しい女の子をイジって遊ぼうって魂胆だろ？　女を舐めるんじゃないよ！」

そこまで言うと、ジジイ三人は絶句してしまった。ザマアミロだ。

だがその一部始終を町長が笑って見ている。この町長は他人事だと思ってるんだな。

「ちょっと！　そこの町長！　あんたの町で、あんたの目の前でのこの狼籍《ろうぜき》。許していいんですか？　笑って見ていていいんですか？」

だが町長は笑いながら答えた。

「だって、笑うしかないじゃないか？　何の力もない、あんたみたいな女が、身の程知らずに生意気なことを言ってるわけだから」

「なんですって⁉」

「そうだろ。そこのお三方は、この町の発展に尽くした功労者だ。だいたい若い女を揶揄《からか》うくらい、なんだっていうんだ？　生活の潤滑油だろ？　ユーモアだろ？　それが駄目なら世の中、ずいぶん味気ないよ。多少の軽口や多少のおタッチは、女の子も喜ぶよ」

そんな町長の言葉に、エロ老人たちもそうだそうだと勢いづいた。

「だいたいあんた、女のくせに生意気だ」

「くだらない意見を開陳するなら自慢のオッパイを見せてみろ」

「女なんてものはイジられて喜ぶもんだ！」

と、どんどんバカ丸出しなことを言い始めたので、シェフの香西さんもパティシエの三上さんも呆れ果てている。

この町の老人は町長を筆頭として、選《え》り抜きのセクハラオヤジばかりなのか？　あたしも呆れ果てて、何もかもがバカバカしくなってきた。こんなに努力して使命を果たしたってのに！

と、そこに、ヒナコ議員がスマートフォンをかざして割って入ってきた。

「今のやりとりとセクハラ、音声込みで全部撮影しましたからね！　これを世界中のマスコミに送りつけてやる！　日本のマスコミ以上に外国の方が怒るかもね！　英文を添えてBBCにCNN、ル・モンド、ニューヨーク・タイムズにワシントン・ポストにガーディアン、フィナンシャル・タイムズにウォール・ストリート・ジャーナルに、そのほか世界中の、意識高い系メディアに送りつけてやる！」

「そんなアチャラの新聞、この町の連中は誰も読めんわい！」

「進駐軍の新聞を羅列すればわしらが恐れ入るとでも思ったか！　このクソアマ！」

「まーたあんたか！　町民に相手にされんし日本のマスコミにも相手にされんから、今度は外国か。外国かぶれはこれだから……」

「んだんだ。PTAだか何処《どこ》だか知らねえが勝手に送りつけろ。横文字を出せばわしらが恐れ入ると思ったら大間違いだ」

「まったくなあ。ヒステリー女のたわ言に耳を貸すヒマなんぞPTAにもNHKにもBCGにも、DDTにも無ェ《ね》わ」

町長と老人たちは一緒になって大爆笑した。

次いでエロ老人たちは、周りで息を呑《の》んでいる町民たちを見回した。

「なあ、あんたらもそう思うべや？」

そう言われた町民たちは曖昧に笑みを浮かべた。全員が困惑し、返答に詰まっている。

しかし、その中には明らかに顔を引き攣らせている人もいる。ユニクロとおぼしいポロシャツとチノパンを身につけた、都会風の若い男だ。

その男はあたしに近づいてくると、耳打ちした。

「困ったことになりました。ヒナコさんが怒ったらもう誰にも止められません。私たちが毎年開催しているイベントに影響が出なければいいのですが……」

彼は動揺を隠せない様子で打ち明けた。

「申し遅れましたが、ボクはこういう者です」

渡された名刺には『三途川町スパらしき国際音楽祭　実行委員長・富樫《とがし》良彦《よしひこ》』とあった。

「海外から著名なアーティストを呼んでます。来てくれるマエストロたちもこの温泉が好きで喜んでくれて、レベルも高くて海外でも有名な、いい音楽祭なんです。その評判がお上の耳にも入って、皇族のご臨席を賜ったこともあるのです」

怒り狂っていたあたしは、こんな町のイベントなんか知ったことか！　と内心思ったけれど、考えて見れば彼には何の罪もない。

「大丈夫ですよ。そんな困ったことにはなりませんって」

適当に励まして、たぶん……と心の中で付け加えた。

「ボクは東京からこの町に移住してきました。ここは空気も水もきれいで緑も多く、温泉はもちろん素晴らしいし、自然の美には抜群に恵まれているのですが……人の心、となると江戸時代からあまり変わっていません。この町には二つの顔、二種類の住民がいるのです」

都会から移住してきた住民が中心となってイベントを誘致する一方で、古くからの住民の間では老人たちの意見が絶対であり、誰も異を唱えることはできない。町長もコアな支持層である老人たちの言いなりなのだそうだ。

「まあこれは、新旧の住民が暮らす町では、至る所で起きている問題です。お洒落なリゾート地や別荘地でさえそうなんだから……」

富樫さんは絶望の表情で肩を落とした。

「新住民は移り住んだ町の恐るべき『古さ』に呆れ果てるし、旧住民は旧住民で、都会から来た連中は古くからのしきたりを受け入れろ、さもなくば出ていけ、と怒るばかりで」

「そこは……町長がシッカリしないといけないんじゃないですか？」

「それは無理です。だって、そもそも町長自身が旧住民なんですよ？　昔からの空気にどっぷり、それこそ首まで浸かってるんだから今更、新しい考え方なんか受け付けませんよ」

確かに、エロジジイ三人衆と町長はヘラヘラと仲よく談笑して、吾妻ヒナコ議員を指差して大笑いしている。

……こりゃダメだ。

*

宴会は一応滞りなく終了し、「よく予算内で収めてくれた」と町長にも雄山先生にも褒められた。

「まあ、野菜の鮮度と肉の旨味《うまみ》には多少の問題はあったが……ここの町民の民度を考えれば、この程度でよかったのかもしれない。わしが理想を追いすぎたのかもしれん」

雄山先生は、香西シェフに言い訳のようなことを言った。

町長は、先ほどのセクハラ騒動が気まずいのか、そのあとは、あたしとは目も合わさずに、そそくさと引き上げて行った。

後片付けをして、残った食べ物（ほとんど全部食い尽くされたのはよかったことだ）を養豚場の人に渡して、あたしたちも旅館に引き上げた。このまま東京に戻るには、疲れすぎている。温泉に入って今夜はゆっくりするつもりだった。

が。

町長が予約してくれた温泉旅館の一番いい部屋に入って、温泉に入ってまったりして、夕食の時間までゆっくりしようとしたら……。

こうしろうがメールチェックしようとフタを開けたノートパソコンに、驚くべきニュースが表示されたではないか!

「えっ? ちょっとナニコレ」

「これは……大変なことになりました」

見事に予算ギリギリで再現した料理がフェミニストたちの激しい怒りを買い、「そこまでしてセクハラ町長を擁護したいのか!」とネットでは大炎上していたのだ。

この件はBBCやCNN、そして欧米主要紙の電子版サイトにまで掲載されている。

あたしは全然読めないけれど、外国で修業経験のあるこうしろうと香西シェフは記事を読んで、眉間にシワを寄せている。

「あのヒナコ議員がセクハラ動画を投稿して英文の解説まで付けたから、もう大変よ。アメリカのメディアはストレートに『時代遅れのティラノサウルス級の町長が女性を猛烈にセクハラ』と報じて、皮肉が大好きな英国のメディアは『町長と老人は若い女性はみんな温泉ゲイシャに見える病にかかっているらしい』と書き立て、フランスのメディアは『男は死ぬまで女にロマンを求める……男に都合のいいロマンを』って。町長とあのスリーアミーゴスは、全世界を敵に回したわね！」

「まあそれは自業自得なんだが……ウチにまで火の粉が飛んできてる！」

こうしろうが表示させた、我がLa meilleure nourritureのフェイスブックページ、そしてツイッターの公式アカウントまでが、誹謗中傷と罵詈讒謗《ばりざんぼう》で埋め尽くされている。

「あ〜あ。『このポンコツ三流ケータリング会社は、カネに目が眩《くら》んでクソセクハラ町長の片棒を担ぐのか！』とまで言われてる……見事に虎の尾を踏みましたって感じ？」

「ひどい……」

あたしはその成り行きに呆然とした。

「あんなに努力したのに！」

怒ったあたしが反射的に立ち上がったので、みんなは驚いた。

「何処へ？」

こうしろうが間の抜けた問いを発し、立ち上がったあたしは引っ込みがつかず、焦って思い付きを口にした。

「町長！　そう、そうよ！　町長のところに行って抗議する！」

　言った瞬間、それしかないと思った。

「すべての元凶はあの町長なんだから！　徹底的に詰めてやる！」

　私たちも行くと他の三人も賛同して、全員で町役場に乗り込み、町長室に雪崩れ込んだ。

「いやいやいや、今日はご苦労さん」

　町長は引き攣った笑みを浮かべた。

「あの旅館、いいでしょう？　今夜はゆっくりしていって」

「いえいえ、そうじゃなくて。ネットで起こっているあの騒ぎ、知らないわけではないでしょう？　どうしてくれるんですか！」

　あたしはぐいぐいと町長に迫った。

「すまん。これから町議会なんだ」

「今からですか？　もう夜の六時ですよ！」

「臨時町議会なんだ。緊急招集されてな、今から行くんだ」

　と、町長は逃げ出した。

「怪しいぞ！　一体、何を隠してるんですか、あなたは？」

　あたしたちは町長を追いかけたが、町長は本当に町役場の中の一室に飛び込んだ。

あたしたちも後を追ってドアを開けると、そこは本当に町議会の本会議場で、議員が全員、怖い顔で着席していた。

「町長がきたぞ！」

議員が我先に席を立ち、町長のところに雲霞《うんか》のごとく押し寄せてくる。しかし全員が攻撃しようとしている訳ではなく、町長を攻撃する側と守る側に分かれて、お互いに突き飛ばすわ体当たりするわで、場内はたちまち騒然となった。

あたしたちは、何故か、本当にどういうわけか、庇う必要も義理もないのに、成り行きで町長の楯《たて》になり、ＳＰのように町長を守るカタチになってしまった。

どうしてそんなことをしてしまったのか、たまたま立っていた位置から自然にそうなったとしか説明できないのだが……。

本会議場中央の演壇には吾妻ヒナコ議員が立ち、その流れで怒濤の質問が始まった。

「先ほど入った情報によりますと、我が町最大のイベントである『三途川町スパらしき国際音楽祭』で、招聘《しょうへい》を予定していた国際的ピアニストのマチルダ・アルゲッチーニさんや人類の宝と呼ばれるテノール歌手のルチアーノ・パパラッチさんから、残念ながら今回は参加できないとの連絡がありました。その理由は、この三途川町の政治体制に透明性がなく、何よりも自治体として女性の人権に配慮していないから、だそうです。明らかに町長の政治資金の問題、そしてセクハラ疑惑が槍玉《やりだま》に挙げられています。町長、いかがお考えですか？」

　その瞬間、議場は再び騒然とし、議員席の大半を占める町長派のオヤジ議員、そして傍聴席の老人たちからも激しい野次が飛んだ。

「なにをこのアマ、チクっておいて盗人猛々《ぬすっとたけだけ》しい！」

「んだんだ。ヒナコ、おめえが有ること無《ね》ぇこと世界中に告げ口して回ったからでねえか」

「宮様にまで告げ口するとは、おめえ、覚えてろよ！」

「全部の騒動の元はオメエでねえか！　この恥知らずのアマが！」

　ヒナコ議員を野次る高齢者の中心は、例のエロジジイ三人衆だ。

　だが、ヒナコ議員は彼らをハタと見据えてさらに声を高めた。

「ただ今、傍聴席からも指摘がありました通り、宮内庁からも、本年度フェスティバルへの皇族の出席は見合わせたいという、非公式の連絡があったとのことです」

　さあどうする、さあさあ返答は如何に？　とばかり、ヒナコ議員は町長を見据え、市川團十郎《いちかわだんじゅうろう》のように「ニラミ」を利かせた。

　その居直りに、傍聴席の老人たちはさらにヒートアップした。

「この裏切り者がッ！　月夜の晩ばかりでねえぞ」

「オメエがこの町から出ていけ！」

「ゲージツを政治に利用するな！」

町会議長が木槌《きづち》をガンガンと叩いた。

「ご静粛に。傍聴席からの不規則発言を議事妨害と看做《みな》します。全員退席を命じます！」

すると、傍聴席の左右から町役場の職員らしい男たちが出てきて、声を上げている老人たちをゴボウ抜きにし始めた。

「町政に参加するのはおらたちの権利だ！」

「言論の弾圧でねえか」

「断固抗議！」

口は達者だが下半身が弱い老人たちは、たちまち排除されてしまった。

あたしたちも……町民でもない以上、議場内にいるのはマズいだろう。追い出される前に、自主的に外に出た。

議場の外には追い出された老人たちがブーブー文句を言ってタムロしているが、そこに観光客らしき女性がキョロキョロしながらやって来て、問題のエロジジイ三人衆に訊《たず》ねた。

「あの、すみません。吾妻ヒナコ議員にお目にかかりたいのですが、こちらにいらっしゃると聞いて……」

「なんの用だ、ねえちゃん？」

三人衆は無遠慮に彼女を品定めするようにじろじろと見た。

「町営の三途の河原露天風呂に入っていたら……上空をドローンが飛んでいたんです。まるで盗撮するように……いえ、あれは完全に盗撮です。女湯の上だけをしつこく飛んでましたから。私は慌ててお風呂から出て、怖いから何とかしてくださいって町役場に言ったんですけど、全然取り合ってくれなくて……そんな話なら吾妻議員に言ってくださいって」

女性のハナシを熱心に聞いて頷いていた三人衆は、お互い顔を見合わせた。

「ドローンってなんだべ？」

「フランスの色男か？」

「違う違う。ほれ、ちっこいヘリコプターみたいなアレだべ。孫が買って遊んでる」

「んなモンがなんで怖いんだ？　おかしいでねえか」

「ですから、盗撮されるのではないかと」

女性は真剣に訴えたが、エロ老人三人は一斉に爆笑した。

「盗撮？　盗み撮り？　あんたをか？　こりゃ傑作だ。なあ皆の衆」

「んだ。だいたいそんな洗濯板みてえな胸で、ねえちゃん、あんた図々しいんだよ」

気の毒な女性を指差して大笑いする三人衆の尻馬に乗り、周囲の老人たちも一緒になって笑い始めた。

当然、その女性は激怒した。

「ひどい！　たしかに私は……貧乳ですけど、それとこれとは関係が」

「ある！　いや、大ありだ。そんなチチ、誰が見てぇと思うべ？」

「んだ。まな板でも写真に撮ったほうがまだマシだ」

その女性は、怒りのあまり青ざめて、今にも卒倒するのではないかと心配になるくらい、ぶるぶると震え始めた。

これはいかん。気がついたらあたしの口が勝手に動いて、エロ老人に啖呵《たんか》を切っていた。

「ちょっと！　そこの人たち……いや、クソジジイども！　なんてことを言うのよ？　この、死に損ないの老いぼれのポンコツが！」

しかし、札付きの不良老人たちは相変わらずへらへらするばかりだ。

「ああ、またあんたか。デカ乳のバカ女が」

「ねえちゃん、そんなに怒ることねえべ」

「んだな。せっかくの別嬪《べっぴん》が台無しだ」

「女は黙って可愛くしてればいいんだ」

と、ここまでは口だけだったのに、突然、エロジジイ三人衆の一人が、あたしのバストを鷲摑《わしづか》みにした。

「ええか、盗撮ちゅうもんは、こういう、揉みごたえのあるチチにやるもんだ！」

あまりのことに、あたしも絶句した。

だが、悪のスリー・アミーゴスは大はしゃぎでハイタッチしている。ホームランでも打ったつもりかこのクソジジイは。

老人たち以外の住民は遠巻きにして無表情だが、その中でただ一人、泣きそうな顔になって固まっているのは、例の『三途川町スパらしき国際音楽祭実行委員長』の富樫さんだ。

その時。

「何かあったのですか？」

と、こうしろうがトボケた声を出してあたしに近寄ってきた。

「何処行ってたんですか？　たった今のひどい狼藉、見てなかったんですか！」

「いや私は、議場で吾妻議員に呼び止められて、ちょっとお話を……え？　バストを摑まれた？」

こうしろうが事情を知って声を上げた途端、老人三人はニヤニヤ笑いながらこそこそと逃げてしまった。

当然のような顔で見ている旧住民たち。

そして、これまた眉をひそめるだけの、「意識高い系」の新住民たち……。何だよ、お前ら、喧嘩《けんか》ひとつ出来ないのかよ？

どっちもどっちだ。この町は腐っている。

もういい！　こんなひどい町と町長を擁護してしまった、あたしが間違っていた！　一生の不覚だ。

あたしは、キレて、ずんずん歩き出した。

「何処へ？」

ただならぬあたしの雰囲気を感じとったのか、こうしろうが慌てて付いてきた。

あたしは、マナジリを決して、こうしろうの師匠である人物の家に突撃した。

「雄山先生。こうなったら本当の事を言ってください！　町長が明細書を捨てたとか存在しないとか言い張ってるのはウソですよね？　あの宴会、五千円では出来なかったことを隠してるんですよね？　それにあなたは荷担している。グルになって一緒にウソついてるんですよね！　ホントのことを言ってください！」

あたしの抗議に、雄山先生は逆ギレした。

「うるさい黙れ！　お前ら都会の人間に何が判る？　ここみたいな田舎では、中学校の人間関係が絶対なんだ！　『お前ナニ中？』って関係が一生続くんだ！　これは田舎のオキテなんだ！」

「はぁっ？　それが何だって言うんですか」

渾身《こんしん》の「はぁ？」に、彼は更に激昂した。

「町長は私の先輩。中学の二学年先輩なんだ。この関係はどうしようもない。一生続くんだって言っているのだよ！」

「たった二コ年上ってだけで、どんな理不尽にも服従しなきゃいけないんですか？　だったらこんな町、おん出て二度と戻ってこなきゃいいじゃないですか！」

「好き好んで戻ってきたわけではないのだ！　これは苦渋の選択だったのだ！　それに、故郷で楽しく大過なく暮らすには『郷に入っては郷に従え』が一番なんだよ！」

それまで黙って聞いていたこうしろうも、ついに声を上げた。

「先生。あなたの言っていることはおかしい。私はあなたを尊敬していた。メートル・ドテルとして大切なことは全部あなたに教えてもらった。古今東西の文献に親しみ、幾多の一流ホテルやレストランで仕事をしてきたあなたの華麗な経歴も、あなたの、その古色蒼然《こしょくそうぜん》とした考えを変えるには至らなかった、ということなのですか？」

「そのとおりだ！」

咄嗟に答えた雄山先生は、答えた瞬間に後悔の色が顔に広がって、肩を落とした。

「所詮……私は古い人間なんだ。どんなに都会の水に洗われても、優雅な作法を身につけても、生まれ育った場所を否定することはできない。いくらきれいなメッキを施しても、所詮、その下の地金《じがね》は変わらないのだ」

「……残念です」

と、こうしろうが話を打ち切って帰ろうとしたので、あたしは慌てて止めた。

「ちょっとちょっと！　残念です、で済ませるつもりですか？　あたしの睨んだところ、この雄山先生は明細も、そして町長に出した請求書の控えも持ってますよ。そもそも、帳簿をつけてないワケがないじゃないですか！　それが何より証拠には、ほら、目が泳いでる。ねえ、雄山先生、その額のアブラ汗は何？」

たしかに雄山先生の秀でた額は濡れ光っている。まるで長距離走を走ってきた選手のように、汗ダラダラだ。

「あなた！」

その声とともに、奥から雄山先生の妻と名乗る女性が出てきた。

「あなた。もういい加減にしてください。どこまであの町長の肩を持てば気が済むんですか。これだけはあなたには言うまい言っても仕方がない、言わずにお墓まで持って行こうと思っていたことですけれど……」

「なんだお前？　一体何を言い出すんだ？」

雄山先生は、自分の妻の覚悟を決めた様子にたじろいだ。

「いいですか、私が流産したのは、あの人のせいなんです！」

「あの人って……」

「ですから、あなたの中学の二年先輩の、丸山米三町長ですよ！」

昔、雄山先生の新婚家庭に町長（元ガキ大将、当時は青年会議所の監事）が入り浸り、妊娠していた奥さんを酒だつまみだと奴隷のように顎でコキ使い、あげくに流産してしまったのだ、と奥さんは涙ながらに打ち明けた。

「雪の夜に遠くのコンビニまで買いに行かされたお酒。あなたは出かけていて車もなくて……あの時の悲しさは一生忘れません」

やっと授かった命だったのに、と涙ぐむ妻の姿に動揺した雄山先生は「だったらその時にそう言えばよかったじゃないか！」と言うのが精一杯だ。しかし妻は強く言い返した。

「言いました。言いましたよ！　でもあなたは全然耳を貸してくれなかった。そして何故かすぐに忘れてしまった。忘れたかったのよね、都合の悪いことは。でも、あの町長は私の敵です。子どもが出来なくなったのもあの人のせい。あなたの敵でもあるのよ！　だからお願い。目を醒《さ》まして。明細書と帳簿を、この人たちに渡してあげて」

「何を言い出すんだ！　そんなこと出来るわけがないじゃないか。あの宴会の明細も帳簿も、絶対に表には出せない！」

「ってことは、あるんですね？　明細も帳簿も」

あたしの的確で鋭いツッコミに、雄山先生はさらに激怒して錯乱した。

「うるさいうるさいうるさーいっ！　黙れ巨乳女。お前に渡す明細などないっ！　死んでもない！　とことんない！　絶対にない！」

先生は狂乱して、あたしたちに手当たり次第に物を投げつけ始めた。

「先生！　お止めくださいっ！」

こうしろうは必死に宥めつつ、灰皿やテレビのリモコン、スマホにメモ帳など、飛んで来るモノから巧みに身をかわした。もちろん、あたしもドッジボールの要領でひょいひょいとかわした。

「あなたやめて！」

奥さんは間に入って止めようとしたが、運悪く雄山（もう呼びつけだ！）の投げたアルミの灰皿が額にかーんと当たってしまった。

「あなた……止めてと言ってるでしょう！」

額から血を流しながら、奥さんは雄山の前に立ち塞がった。その姿は往年のプロレスラー、アブドーラ・ザ・ブッチャーか、はたまたホラー映画の流血のヒロイン、キャリーか。

鬼気迫る物凄い立ち姿にあたしが思わず見とれていると、こうしろうがあたしの腕を摑んだ。

「これは駄目だ。ここはいったん引きましょう。そして警察に通報だ！」

なおも飛んで来るブツから身をかわしつつ逃げ出した、その三十秒後。

「待って！」

あたしたちを追いかけてきたのは、奥さんだった。額からだらだらと血を流しながら、必死の形相で追ってくるので、あたしたちは恐怖の叫びを上げながら逃げた。だって、怖いんだもん！

「待って！　渡したいものがあるの！」

奥さんは、大判の封筒を振りかざした。

「あなた方が欲しがっていたものです！」

足を止め、恐る恐る封筒を受け取るあたしとこうしろう。

「帳簿です。問題の、四年前の桜の会の明細も入っています。さあ、早くこれを持って」

「でも、あなたは大丈夫なんですか？」

「心配いりません。あの人は倒しました」

「本懐を遂げたのですね！」

お礼を言うのもそこそこに、あたしたちは走って逃げて、泊まっている旅館に飛び込み、部屋に入って一息入れて、封筒を開けた。

「おおおお！　これだこれ！　宴会の明細、請求書の控え、仕入れの内訳……欲しいものが全部揃ってる！」

あたしたちは歓声を上げた。

封筒の中には雄山のケータリング会社「Youzan & Food」の判を押した書類、そしてその裏付けとなる帳簿が入っていた。

もちろん四年前の宴会で用意された豪華な食材の内訳もきっちり書き込まれ、請求書の控には「但し、宴会費用として、金八千圓《はっせんえん》・伍百《ごひゃく》名様分、計金四百萬圓《よんひゃくまんえん》。上記の通りご請求申し上げます」と麗々しく書かれてあった。

「やっぱり……お一人様五千円で出来るなんて、ウソッパチだったんだ！」

こうしろうは嘆き悲しんだ。

「私たちの努力は一体、なんだったんだ……苦労したあげく、こんな汚名まで着せられて……徒労を通り越して、冤罪《えんざい》まで……」

がっくりと脱力して完全に凹《へこ》んでしまったこうしろうを、あたしは慰めた。

「世の中にムダな努力なんて一つもないって、死んだあたしのおばあちゃんが言ってました」

＊

騒動が落ち着き、町長は東京地検特捜部に捕まり、雄山も同様に逮捕された。地方の政治家には、東京地検もめっぽう強い。

そして……あたしたちのケータリングサービス La meilleure nourriture の努力も、やっと正当に評価される日が来た。

「不可能を可能にする奇跡のデリバリー」

「この店に『出来ません』はない！」

「破格の値段で見た目抜群のケータリング」

と、評判が評判を呼んで大変なことになったのは、また別の話だ。

第四話　アマビエのロマンス

「あれは世界中が疫病に襲われ、旅行も会食もライブも観劇もできなくなってしまった、あのひどい数年のあいだに起こったことなの」

ヒロミおばあちゃんは遠い目をして、昔話をせがむ孫に話し始めた。

「その頃、おばあちゃんはね、ケータリングサービスで働いていたの」

「けーたりんぐさーびすって何？」

孫が聞き返す。

「そうね……例えばね、お祝いごとがあるでしょう？　こないだの、あなたのお誕生日みたいな。そういう特別な時に、美味しいご馳走を作って、みんなに届けてあげるお仕事よ」

「どんなお祝いなの？」

「結納式って言ってね、男の人と女の人が、私たちはこれから結婚しますって、みんなの前でお約束をするお式なの。そのお式があったのは、ここから遠く遠く離れた、海のそばの小さな小さな村で」

「あっ、知ってる！　そこ、いつかおばあちゃんが話してくれた、おばあちゃんがアマビエを見た、っていう村のことでしょう？」

「よく覚えていたね。そうなのよ。誰もがそんなことありえない、絶対に見間違いだって言ったけれど、おばあちゃん、確かに見たの。ぐわーっと盛り上がる、大きな大きな波の間に、クチバシのある、人魚をね……」

＊＊＊

「また妙な電話だ」

こうしろうが渋い顔で電話を切った。

「大量の注文が舞い込んで捌《さば》ききれない。だが義理があって断れず、どうしようもないから助っ人をお願いしたい……そうだ」

「お知り合いですか？　この前の雄山先生みたいな」

「いや、知らない相手です。西伊豆《いず》の聞いたこともない名前の集落にある、『パワースポットカフェ・スピリチュアル自然塾』という」

「それ、あれですよね？　脱サラ素人が田舎で始めたありがちなカフェで、お客が来るのは最初だけ、潰れるのも時間の問題っていう、お約束の」

「そうそう。スピ系にハマってたりする」

「メニューはオーガニックが売りの」

「薄味っていうか、ほとんど味がなくて、なのに、お洒落な内装やこだわりの食器食材には採算度外視でこだわってるっていう」

シェフの香西さんもパティシエの三上さんも容赦がない。お洒落カフェに故郷の村でも焼かれたのか？

「まさか行かないですよね？」

あたしも念を押す感じで、訊いた。だが。

「行くよ！　このところ安い仕事ばかりで赤字スレスレだ。払いはいいし、風光明媚《ふうこうめいび》なリゾートらしいし。渡りに船だ！」

西伊豆の、S湾に面した入り組んだ海岸線のなかに、ひときわ突き出た岬がある。山脈がそのまま海にせり出したような岬で、その先端にへばりつくように二つの集落がある。

海女冷《あまびえ》集落と、海士彦《あまびこ》集落。二つまとめて海女冷地区と呼ばれているらしい。

この集落に繋がる海沿いの道も以前はあったのだが、かなり昔に土砂崩れが起きて以来、塞がったままだ。

日本海の親不知《おやしらず》のように、山の迫った海岸を、海が穏やかで干潮のときには渡れるのだが、少しでも海が荒れると通行禁止になる。

かと言って、僅かな住民のために行政は山越えの道を作るとか、海岸線に沿って道を作り直すことはせず、住民も割り切って、船による交通を選んだ。

「ってことは、岬と言うよりむしろ島？　それも防波堤のような小さな港しかなくて、小さな漁船みたいな船が不定期に走ってるだけ」

さっそく検索した香西さんがスマホを見ながら説明した。

「人口は二つの集落を合わせて百人くらい。国の重要文化財になっている古刹《せつ》・那寺《なでら》があり、目の前の海で獲《と》れるフグの干物が有名。令和の時代になってなお、土葬の習慣を残す、珍しい地域のひとつであり、海と津波にまつわるさまざまな言い伝えも一部では知られている……ですって。道がないのに電話はあるの？　電気は来てるの？」

「電話はケータイの電波が飛ぶだろうし、電力会社は道なき道をド根性で突破して、とにかく電線を通してしまうからね」

あたしは別の点が気になっていた。

「津波の言い伝えってところが、凄く怖いんですけど？　岬の先っぽだし、津波で村がなくなったとか、そういう言い伝えでしょ？」

「その逆なの。ほら」

香西さんはスマホの画面を拡大した。

「この海岸線のほかの集落が残らず津波に襲われた時でも、ここだけは無事だったという記録が残されているって。言い伝えでは、この刹那寺にある人魚のミイラが、集落を津波から護《まも》っているんですって」

「人魚のミイラではなく、ここの海辺にある、このお寺そのものが集落を護っている、という言い伝えもあるようです」

こうしろうが別のサイトを読み上げた。

とても二十一世紀の話とは思えない。

あたしたちはこの、伝説の中にある村に行くのか……そう考えると恐ろしい気もしたけれど、ワクワクする感じもある。

*

「おおおお！　これは絶景！」

海女冷に向かう船に乗ったあたしたちの前に、ちょっと日本とは思えないような、奇観というか絶景というか、スゴい景色が現れた。

海にぐっとせり出した断崖絶壁。その下には波に削られ抉《えぐ》られた僅かな土地。絶壁と砂浜の僅かな隙間に、集落がへばりついている。

背後の急峻《きゅうしゅん》な山には細い道があるが、それはいわゆる「けもの道」のようで、車が通れるような広くて平坦《へいたん》なものではない。

砂浜の沖には天然の防波堤のように磯《いそ》があり、尖《とが》った奇岩が並んでいる。「ブラタモリ」のスタッフが狂喜乱舞しそうな地形だ。

港らしい港はなく、漁船が数隻係留されている僅かな護岸以外は、短い砂浜だけ。

海の青さと奇岩の列、山の緑、白い砂浜と断崖絶壁という色彩の対比が目にも鮮やかだ。

「スゴくないですか、これ？」

あたしだけではなくこうしろうや香西シェフ、パティシエの三上さんも驚嘆している。

「まさに。奇観というかなんというか」

「観光的には穴場ですよね。でも、交通の便が悪すぎて観光客はほとんど来ないらしくて」

こうしろうの説明に香西シェフも残念がる。

「もったいないわ！　こんなスゴい景色なのに観光客が来ないなんて！」

「きっと、住民の性格が面倒くさくて余所者《よそもの》を受け入れないんじゃないですか？」

日本の田舎をナメてはいけない、という教訓は前回の三途川温泉で身に沁みている。

「だから自然のままが残ってるんですね！」

コンクリートの建物は、ない。どれも木造で、二階建ての大きなお屋敷が二軒、海岸線の端と端に建っている。それも古そうで、要するに全部が「古民家」だ。店は一軒もない。

短い海岸線の真ん中、おそらく二つの集落を分かつ位置にお寺がある。これが「刹那寺」なんだろう。でも、ハッキリ言ってボロボロで、今にも崩れてしまいそうに見える。

沖から海女冷地区を眺めていると、青い海を泳ぐ白い生き物が目に入った。馬だ。

ふ〜ん、海に馬ねえ、と一瞬感心したあたしは驚いて腰が抜けそうになった。

「ううう、海に馬がいる！」

あたしが叫ぶと、馬に乗っているカウボーイみたいな若い男がこちらを見てテンガロンハットを振った。

「どどどどど、どうして？」

「ヒロミくん落ち着いて！　馬は泳いでるんだ。人を乗せたまま泳いでるんだよ！」

　こうしろうが説明してくれた。

「海辺のホーストレッキングは海岸線を馬に乗って走るけど、中には海に入って足が付かない深いところを平気で泳ぐ馬もいるんだ」

　あたしは驚いて「ほひー」という声で返事をした。

「観光事業としてホーストレッキングを始めたのは、ごく最近のようね」

と、スマホを見ていた香西さんが言った。

「寂れているのか進んでいるのか、よくわからないところね」

　今までずっと黙っていたパティシエの三上さんが、ぽつりと言った。

　船は防波堤の中に回り込んで、接岸した。

　電話で注文された食材や調理器具を降ろしていると、ジーンズにＴシャツというカジュアルな格好をした初老の男女が近づいてきた。

「ら・めいらー・のーりーちゅーの方ですね？」

　私電話をした者です、と言った男はこうしろうに握手を求めてきた。どことなくノーテンキな感じ、且《か》つあんまり深刻にならないタイプの、トシ食ってるのかそうでもないのかよく判らない、要するに、形容に困る人物だ。

「この集落でカフェをやっている、露廉太郎《ろれんたろう》と申します。こっちは妻の花子《はなこ》です。突然のお願いを引き受けて戴けてほんとうに有り難うございます」

「露廉とは珍しいお名前ですな」

こうしろうは素直に言った。

「なんか、漫才コンビみたいなお名前ですね」

「それは失礼だろう。『さくらと一郎』じゃないんだし」

「それは歌手コンビ」

まあとにかく、と露廉が割って入った。

「この集落には変わった名前の人が多いですよ。私たちは新参者ですがね」

まあ、変わっているのは名前だけじゃありませんがね、と話しながら、あたしたちは彼らが経営するカフェに向かった。

「到達至難！　日本最後の秘境!!　という言葉に誘われて、昔、観光に来ましてね」

「まさに『日本のチベット』ですよね？」

思わず言ってしまったら、叱られた。

「それは使ってはいけない表現です。でまあ、まさに手つかずの自然が残っているこの地がひと目で気に入ってしまって……もともとカフェは定年後に開くつもりでしたが、元気なうちの方がいいと思って早期退職をして、ここの空き家をなんとか口説き落として借りて」

「家主は当然、貸すのを渋った？」

「ええ。余所者は来ない土地ですから」

「よくまあカフェをやろうと思いましたね」

　こうしろうは半分以上呆れている。

「でも、この集落の人だって、たまには美味しいコーヒーやケーキでゆっくりしたいんじゃないかと思って……」

　夫婦は退職金を注ぎ込んで、古民家を改装して夢を実現させたのだが、案の定、お客はほとんど来なかった。

「そりゃアナタ。来るわけないでしょう。こういう集落の人は、家で番茶飲んでセンベイを囓《かじ》るんですよ。身内の誰かが店を開いたのなら、お義理で顔を出すだろうけど」

　こうしろうはもっともなことを言う。

「しかしですよ、テレビで、リタイア夫婦が田舎でカフェを開く番組があるじゃないですか。アレを観ると余所者でもその土地に溶け込んでお客さんがいっぱい来てて……」

「それはアナタ、みんなテレビに映りたいからですよ。きっと、取材の日だけ満杯になったんですよ」

などと話すうちにカフェに着いた。

刹那寺の隣、昔は門前で仏花や線香、お供えを売っているお店だった感のある古民家の風情を巧く利用した、モダンな「パワースポットカフェ・スピリチュアル自然塾」だ。

「ここだけじゃ狭いので、家主さんを紹介してくれた刹那寺のご住職にお願いして、お寺の庫裏《くり》をキッチンとして借りてるんですよ」

まあどうぞと中に入ると、壁と床、テーブルも椅子もすべてが木製で、古い西部劇に出てきそうな感じで、居心地はよさそうだ。

あたしが褒めると、露廉も喜んだ。

「実は、素人が田舎でカフェを開く、まさにその番組に出たんです。その時は集落の人が全員来て、店は超満員でてんてこ舞いだったんですが……それはその日だけのことで」

思ったとおりだ。

「あとは、ごくたま〜に、こんな辺鄙《へんぴ》なところに迷い込んできた観光客か、いい波を求めてやってきたサーファーぐらいですかねえ。ここには波は立たないんですけどね」

露廉夫妻は、コーヒーを淹れてケーキも出してくれた。それはまあ、脱サラして店を開きたくなるのが判るくらいには美味しかった。

「で、お尋ねの件ですが、大量注文とは？」

こうしろうの問いに、露廉が事情を話す。

「明後日のことですが、急遽、結納の儀が執り行われることになりまして。海女冷集落の名主というか昔からの名門・門多木《もんたぎ》家の跡取りの結納なんです。その仕出しを頼まれたのですが、とにかく人数が多いので、どうにも荷が重すぎて……」

「あなた、ハッキリ言ったらどう？　一度に百人前は無理だって。出す能力が無いって」

露廉の奥さん、つまり花子さんが言った。亭主の無能ぶりにうんざりしているようだ。

「まあ、この規模のお店でスタッフもお二人。カフェの軽食しか作ったことがないのに、結納の儀の正式なお食事は大変でしょうね」

香西さんがハッキリと言った。

「ここには他に飲食店はないんですか？」

「ないのです。昔からないそうです」

「仮にあっても客が来ないんだもんねえ」

ウンウンと頷いたこうしろうが首を捻った。

「見たところ、こちら以外にお店そのものがないようなんですが、ここの住民は買い物はどうしてるんです？」

「ｍａｍａｚｏｎとか濁天とかのネットですよ。宅配はどんな僻地《へきち》にでも配達してくれますからね！　まあ、山の中に小さな畑があるので、多少の作物は出来るし、集落の人はたいがいは漁師だから漁に出ますしね」

そこでふと、こうしろうは我に返ったような感じで、改めて訊いた。

「それにしても、こんなに不便で、迷い込んだお客さんだけを待ち構える、アリジゴクのようなお店をどうして？　風光明媚な土地はここだけではないでしょうに」

「あのですね」

奥さんが物申す感じで答えた。

「ここが、知る人ぞ知る、日本屈指の、超パワースポットだからです！」

夫の太郎がまたかという表情になっている。

「この集落がパワースポットだという、強力な証拠があるのです。古くは安政《あんせい》の大地震、そして関東大震災の時でさえ、この集落には何の被害もなく、津波も山崩れも起きていないのです。こんな地形で、信じられますか？」

　花子さんの声は熱を帯びている。

「この地区は前が海、うしろが切り立った山で、津波が来たら絶体絶命です。細くて急な山道はあるけれど、足腰の弱った年寄りには越せません。それなのに何百年も人が住み続けてきたという歴史そのものが、ここが特別な土地だという生きた証拠なのです。ありがたいお寺がパワースポットとして、集落を護ってくれているんですよ」

　あたしたちは「なるほど」と言うしかない。

「しかし……凄いパワースポットだとしても、移住したのであれば畑をつくるとか漁師をするとか、もっと地道で安定した仕事があるのでは？」

　こうしろうが疑念を呈する。

「失礼ですが、さっきもおっしゃったように、この店が満員になったのは開店したその日だけだったと」

「いいじゃないですか！　閑古鳥だろうと、正直、受け入れられていなかろうと、私らはここで店をやりたいんです！」

　露廉が吠えた。

「ウチはね、客商売なのにほとんど村八分状態。正直それは認める。しかしそれが幸いして、誰もいない店に来て愚痴を垂れていく人がいるわけですよ。利害が異なるそれぞれの立場の人がね。で、私たちはこの集落の内情はいろいろ知っていて、状況判断もきわめて正確だという自信があります」

「でも、それはあなた方の好奇心は満たしても、一銭にもならないでしょう？」

「そうでもないです。他の住民たちがどう思ってるのか気にして探りに来る人もいるので……それでまあ、なんとか干上がらずに生きていけてるんですが」

「カフェと言うより情報屋ですな」

露廉夫妻は、こうしろうのコメントを無視してこの集落の基本構造を話した。

「海女冷集落の名主を務めていた門多木家と、海士彦集落の同じく名主だった冠礼家は大昔から仲が悪いのです。しかし、ここにきて、お互いの跡取り息子と一人娘が」

「恋に落ちたとか？」

叫んだのはパティシエの三上さんだった。

「私、レオ様のあの映画が大好きですからね。妙なパクリは許しませんよ！」

「いやいやパクリと言われても、こういう事は実際ありがちでしょう？　親がダメと言えば言うほど燃えるという」

聞けば若い二人の駆け落ち計画が露見し、急遽、親の決めた別の相手との結納を急ぐ運びとなったのだという。

「その展開もシェイクスピアまんまですな。現実がフィクションをパクっているんですよ。というよりシェイクスピアも、既存のストーリーをパクっていますが」

「パクリというよりいい元ネタを見つける嗅覚と、二次創作でオリジナルを超えたスキルが凄いんですけどね。シェイクスピアの場合」

香西さんが訂正した。

「昔は著作権という概念そのものがなかったから、もうパクリ放題だし」

みんなガクがあるなあ、とあたしは感心するばかりだ。

「しかし、時間が止まったようなこの集落に今、大激変が起きようとしているのです！」

そこで露廉太郎が、テレビの特番ナレーターよろしく声を張った。

「この美しい海岸を潰して、アミューズメントセンターを作ろうという計画があるのです！　正確には、遠浅の美しい砂浜のど真ん中を潰して突堤を作り、そこに巨大クルーザー船を係留するというプランです。当然その船にはカジノがあってホテルもある。この集落には土地がないし、大規模開発は無理だから、カジノホテル船を浮かべるって事です」

太郎は窓外の遠浅のビーチを指した。白い砂浜に青く透き通ったエメラルド色の海。そこにコンクリートの無粋な突堤が出来て、巨大な船が停泊している図が目に浮かんだ。

　自然保護に特に関心の無いあたしでさえ、それはちょっとイヤだな、と思った。

「カジノ船って……要するにIRですよね。なんか、ムカつく」

　三上さんもあたしと同じ気持ちのようだ。

「そのIR計画を推進している『金子《かねこ》アミューズメント開発』は、門多木家の土地を買い取ろうとしてる……ご多分に漏れず、門多木家は今は落ち目で困窮してるので、『金子アミューズメント開発』の金子社長はその弱みに付け込み、札束をちらつかせて強引に契約を迫ったのです。いずれは門多木家を乗っ取って、この海女冷集落を我が物にせんと企《たくら》み、門多木家の跡取りと、自分の娘を結婚させて」

「えっ！　すると親の決めた相手と泣く泣く結婚させられるのはジュリエットじゃなくてロミオの方？」

　三上さんが驚いた。

「情けないわね。男なら、好きな女ぐらい連れて逃げればいいのに」

「まあ大きな声では言えませんが」

　露廉太郎は声をひそめた。

「門多木家の跡取りはハッキリ言って出来損ないです。ただ、顔だけはいい。冠礼家のお嬢さんも、そこに惚《ほ》れたのだと思います」

こんな小さな集落で外の世界を知らない女性なら、無理もないのかもしれないが。

「そういうわけで、冠礼家のお嬢さんは棄《す》てられてしまいました。この美しい海岸と、古いお寺も、どうなってしまうことか」

海女冷集落の土地のほとんどが門多木家の所有で、集落に住んでいる人はみんな土地を借りて住んでいる形になっている。刹那寺だってそうだ。寺の境内と墓地も、登記上は門多木家のもの。どういう経緯でそうなったのかは誰も知らないが、まあ見るからに貧乏な寺だから、大方、借金のカタに取られたのだろうと、露廉太郎は言った。

「つまりお寺を含めて、この集落の土地を一切合切、売り払おうとしてるってこと？」

三上さんが怒りの目で訊いた。

「今住んでる人たちはどうなるの？　由緒正しいこの地を守ってきたお寺は？」

「金子は住民の頰を札束でぶっ叩《の》いて、立ち退きの同意を取り付けたらしい。元々カネの亡者だから、刹那寺の言い伝えなんか信じるはずもない。で、そうなったらここも立ち退かなきゃいけないわけで、私のところにはまだ話は来てないんだけど……これに反対しているのは、海士彦集落のほうを仕切ってる冠礼家と、刹那寺の住職だけなんです」

「アッチの集落は、金子の買収の範囲外ってことなんですね？」

三上さんはそう言って複雑な表情になった。

「でも、その冠礼家のお嬢さんは、門多木家息子とお付き合い……してたんですよね？」

あたしは頭が混乱してきたので、訊いた。

「そうですね。一時は結婚を誓った仲」

「じゃあ、金子の娘はそこに割り込んで政略結婚出来ないじゃないですか！」

「いや、それが金子の娘も普通のタマではないんです。外見も性格も父親そっくり、アミューズメントセンター事業はむしろ、この娘が率先して仕切っていると言っていい」

欲と二人連れだから、ほかの女性が悲しい思いをしようが何とも思わない、血も涙もない令嬢なのです、と露廉さん。

悪役令嬢、という言葉があたしの頭に浮かんだ。

「なんと。地方に無理やりアミューズメントセンターを建設とは。ロミオとジュリエットの次は日活の渡り鳥ですか」

こうしろうがまたよく判らないことを言う。

「で、今回の仕事は、要するに、明後日行われる、政略結婚の、結納の儀に供する食事の助っ人をしろ、ってことですよね？」

「そんな仕事、良心が痛みませんか？」

「お客を選り好み出来る立場にはないので」

「お流れになる可能性は？」

「ないです！　ないと思います。ないんじゃないかな。ま、ちょっとは覚悟しておけって感じ？」

露廉太郎が腰砕けになりながらも、言った。

「心情的には二人の恋を成就させてやりたいけど、商売的には政略結婚をとっととして欲しい……いや、されるとこの店の未来がないか……いやいや今は目先の金が欲しい」

どこか釈然としない仕事だけど、本番は明後日。取りあえず時間もないので準備にかかることになった。

まずはメニューを考えなければならない。こういう依頼でのセオリーはあるにしろ、この土地の風俗習慣もよく聞いて、それに従わなければならない。

献立の随所に「海女冷集落名物のフグの干物」を使う事にした。

祝いの膳において通常は熨斗《のし》アワビを使うところだろうが、海女冷集落ではフグの干物を使う事になっている。

刹那寺の住職は、この「フグの干物」を作る名人で、かつて北大路魯山人《きたおおじろさんじん》や池波正太郎《いけなみしょうたろう》、井之頭五郎《いのがしらごろう》も食べに来て大絶賛したらしい。

「ご住職は干物を作る達人と伺いました」

寺務所でこうしろうに切り出された初老の住職は、イヤイヤと謙遜した。

「お恥ずかしい限りじゃ。仏に仕える身として殺生は本来禁忌なのじゃが、この集落では古来より伝わる一品なのでな。先代も先々代も腕を磨いて……それは、この寺を守るためでもあったのじゃ」

そう言った住職は、こんなものでよろしければ、と大量のフグの干物を本堂の奥から運んで来た。

「足りなければまだまだあります。通販もしているのでストックは常にあるのでね」

住職は胸を張った。

「すべて、寺とこの集落を守るためです」

見れば寺務所には日経新聞とウォール・ストリート・ジャーナルがあり、パソコンの画面には東証とNYダウの、刻一刻と変わる株価がリアルタイムで表示されている。

「ゲームストップ株が暴騰を続けておりましてな。これは……空売りヘッジファンドが個人投資家たちにしてやられたんじゃな」

「ご住職は海外投資もされているのですか」

「見てのとおりの限界集落じゃ。今に人がいなくなって、葬式すら出なくなるわ。寺も生き残りを考えねばのう」

　こうしろうと香西さんが寺に残り、フグの干物の美味しい調理法を住職に聞いている間、あたしと三上さんが大量の干物を寺からカフェのキッチンに運んでいると……。

　突如、境内に白馬が現れた。跨《また》がっているのはテンガロンハットにフリンジつきのジャケット姿、西部劇のガンマンのような男だ。

「やあっ！」

　その男はキザな手つきで指二本の敬礼的な挨拶をしてきた。今どき、こんな事をする人はいないと思うが……そのあまりの浮世離れしたカッコ良さに、あたしは、一瞬にして恋に落ちてしまった。一目惚れだ。

　彼はひら～りと馬から飛び降りた。

「俺の名前はアキラ。君の名は。」

「ミツハ……いえ、ヒロミですっ！」

よく見ると、白馬は濡れている……と思ったらブルブルぶるっと身震いして水を吹き飛ばした。あたしはそれを全身に浴びてしまった。アキラは慣れたもので、馬から飛び退いたので直撃を免れた。

「いやあごめんごめん。海にちょっと浸かってて。俺はこの先でホーストレッキングのインストラクターをやってて」

「あ、はい。さっき、船から見ました。それがアナタだったんですね」

「アキラと呼んでくれ」

どストライクど真ん中の、まさに超絶あたしのタイプだ。ワイルドだが整った顔立ち。まっすぐな視線としっかりした顎。男らしい眉。爽やかな笑顔に、こぼれる真っ白な歯。はらり、と額にかかる前髪。

こんな人にはもう二度と出会えないかも。少なくとも令和の、この時代では。

そう思ったあたしは、ただちに捨て身のアタックを決心した。

「アナタの馬のせいでずぶ濡れになっちゃったわ」

「ああ、ごめんごめん」

アキラは謝って、馬の鞍《くら》に取り付けたバッグからバスタオルを取り出して渡してくれた。

あたしはそのタオルで拭きながら、「ああん、背中が拭けない」と身体をくねらせた。

「悪い悪い。じゃあ俺が」

拭いてくれようとするアキラを、あたしは本堂の裏の墓地に誘い込んだ。

「ねえ、こっちで拭いてくれる？」

ここで短期決戦に持ち込むつもりだ。

誰もいないのを確認して、あたしはアキラに抱きつき、自慢の巨乳でスリスリしてあげた。ここはもう、恥じらいなんか捨てて勇猛果敢に攻め込むだけだ。

真っ直ぐでマジメそうなアキラも、あたしの巨乳の弾力と柔らかさに骨抜きになったのか、それともあたしに恥をかかせまいとしたのか、ぐっと抱きしめ返してくれた。

気がついたら唇を重ねていた。

アキラのキスはペパーミントの香りがした。

墓地の入口には芝の生えた空き地があった。もしかしてこの集落では墓参りに来て、ここでお弁当を広げる風習があるのかもしれない。

あたしは、アキラを押し倒すようにして、一緒に芝生に横になった。

しっかりした筋肉と骨格。熱いカラダ。

もうこのまま最後までいきたい！　青い空の下で、あたしたちは一つになるの！

手を伸ばすと、アキラの股間は熱く盛りあがっている。マジメでもやっぱり反応するんじゃん！　あたしは、彼のジーンズの上から優しく、そそるように股間を撫でてあげた。

「ヒロミさん……ダメだよ。それはいけない」

「いいじゃん！　ひと夏の思い出として……」

と言ったけど、あたしの本心は違う。彼を完全にモノに出来れば、この集落に永住してもいいとさえ思っていたのだ。が。

アキラは両手であたしの肩を摑むと、ぐっと押しのけた。

「ダメだ……これ以上は……。人に頼られる。それがいやでまた流れる。そこでまた人に頼られる。それが渡り鳥の哀《かな》しささ」

「はぁ？」

言ってやったぜという顔をしているアキラ。

「ちょっと何言ってるか判らない。アキラって渡り鳥なの？　ヒトじゃないの？」

ストレートに訊いたら困った顔になった。

「そもそも、アキラってここの人？」

「なぜ人は聞くんだろう？　どこから来たのって……渡り鳥に故郷なんかあるか

よ」

「いやいやそういうことじゃなくて。ここが地元かどうかって訊いてるだけなんですけど」

「俺は余所者さ。たまたま馬に乗れるんで、冠礼さんが手がけている、ホーストレッキングの会社に厄介になってるだけなのさ」

アキラはそう言って遠くを見た。

カッコいいのだが完全に浮世離れしている。

「この場所で逢《あ》い引《び》きするのも良くないよ」

アキラは目の前の墓地を手で示した。

「立派な、家のような形をした石の墓がいくつもあるだろ？　亡くなった人の亡骸《なきがら》は、あの大きな石室に納められて、数年後に改めて洗われて……洗骨される風習があるんだ。沖縄の方の習俗がこの地にも伝わってる」

火葬の習慣が無いのは、早すぎた埋葬を怖《おそ》れ、念には念を入れる土地柄のゆえだという。

「だから？」

「だからって……その、ここは、聖なる場所なんだよ」

アキラはそういうと、あたしに向かって芝生の上で居住まいを正した。

「ヒロミさん、悪い。俺には好きな人がいる」

アキラはあたしにキッパリと言った。

真っ直ぐな目でそう言われると、「だけど」とか「だって」とか言えなくなってしまった。

ここは、さっさと気持ちを切り替えるしかなさそうだ、とあたしにも判った。

とは言え、アキラがそこまで心に決めたヒトが誰なのか、とても気になる。

「ねえねえ、それはどんな人なの？　あなたみたいなステキな人が好きになる女の人って、どれだけ素晴らしい人なのかしら？」

「それはそれは綺麗で、心も清らかで、上品で、髪が長くて目鼻パッチリの美人で、優しくて……」

アキラは夢見るような表情で熱く語り始めた。これは絶対に勝負にならないと、あたしでも判った。

「でも……そのお嬢さんには好きな男がいる。俺の恋は片思いさ」

それを聞いたあたしはビックリした。片思いの数珠つなぎって事？

「けど、お嬢さんが惚れてる男は、男の風上にも置けない、情けないヘタレ野郎だ。腰抜けでヘラヘラで親の言いなりで、自分ってモノがない、軟弱なクソ野郎なんだ。馬にも乗れないしギターも弾けない」

その後アキラは約三十分に亘《わた》って「お嬢さんが惚れているヘタレ野郎」が如何にクソでバカでトンチキなのかを罵り続けた。

「その情けない野郎は、あんなに素晴らしいお嬢さんの愛を勝ち得ていながら、金に目が眩んで別の女に乗り換えようとしてるんだぜ！　言語道断道路の横断」

ＮＥＸＣＯ東は道路公団、と訳の判らないことを言われたが、あたしも腹が立った。こんなにカッコよくて真っ直ぐなアキラが、ヘタレ野郎に負けるだなんて！

「でも……そのヘタレ野郎がお嬢さんを棄てて別の女に乗り換えたら、あなたにもチャンスがあるってことじゃないの？」

「それはそうかもしれないが……だけど、あのヘタレ野郎がお嬢さんを棄てたらお嬢さんがどんなに悲しむか……。お嬢さんの不幸を前提にそこに付け込むなんて、ヒトとして間違っている。そうだろ？」

ああ、なんて真っ直ぐな心の持ち主なんだろう、アキラって！

「元気出してよ！　あなた、本当にいい人ね。きっといいことがあるよ」

そこで時計を見ると、もう一時間以上が経過していた。こうしてはいられない。

あたしは白馬に跨がって去って行くアキラを見送ってから、結納式の仕込みに戻った。

＊

翌日になった。

さらに大量の食材が運び込まれ、結納の儀の食事会の準備は進んだ。

しかし、食材を保管しておく場所は、門多木家にしかない。昔から門多木家主催の会食は屋敷の大広間で行っていたので、そのための冷凍施設があるのだ。寺にも、そして客が来ないカフェにも当然、そんなものはない。

だが門多木家の屋敷と刹那寺は海女冷集落の端と端に位置している。必要な食材や下拵《したごしら》えのあと保存する食材の出し入れに、いちいち屋敷まで往復しなければならない。

香西さんと三上さんは準備にかかりきりだから、その任務を果たすのはあたしとこうしろうだ。昨日今日の二日でバテてしまった。

やってらんないよ、こんな重労働。

あたしがちょっとサボって、海岸で一休みしようと腰をおろした、その時。

遠浅の浜を、どんどん沖に向かって歩いて行くヒトの姿が見えた。髪の長い……若い女性のようだ。

その人は、海水が腰まで来ても、胸まで来ても、首まで来ても歩みを止めない。水着ではなかったし、泳ぎ出す気配も無いし、サーフボードを抱えてもいない。

これは……入水《じゅすい》だ！　入水自殺だ！

「ねえちょっと、やめて！　やめなさい！」

咄嗟にあたしは海に向かって走り出した。自殺しようとしてる人を見殺しになんて、あたしにはとても出来ない。

いくら叫んでもその人の歩みは止まらず、ついに頭まで水中に没してしまったので、あたしも必死になった。もう足がつかないので、着衣のまま泳いだ。

すると、水中に立ったままの人を見つけた。あたしは必死にその人の腕を摑んで引っ張り上げて、浜に向かって引き返そうとした。しかし、それは一人では無理だった。

「誰か助けて！」

叫び続けていると、刹那寺から住職が飛び出してきた。法衣を脱ぎ捨て猿股一つになるとジャブジャブと海に入ってきてくれた。

「どうした！　死んではいかん！　いくら仕事が辛かろうと……」

「違います！　あたしは、自殺しようとしてる人を助けようと」

海中に顔を突っ込んだ住職はすべてを理解した様子で、あたしと一緒に海に沈んでいる人の腕を引っ張り、なんとか浜に引き上げた。

入水したのは、やはり髪の長い若い女性だった。死に装束のつもりか純白のドレスを着ていて、浮き上がらないように足首にはバンド状のウェイトを巻いている。だから重くて引き上げられなかったのだ。

ずぶ濡れで呼吸も止まっているが、住職は手慣れた感じで胸を押して水を吐かせて人工呼吸をすると……やがて息が戻り目を開けた。

青白い顔に赤みが差したその若い女性は、綺麗で上品で目鼻がパッチリした、清らかな顔立ち……ん？　この表現、誰かが言ってたなあ……。

「いかん。珠莉恵さん。死んではいかんよ」

「だけどご住職様……私はもう……」

深く頷いた住職は、あたしを見た。

「申し訳ないが、ここは二人で話をさせて貰えんか？　それと、この件はどうか内密に」

これからこんこんと、命を粗末にしてはいけないというお説教をするのだろう。

そういう話は聞きたくないので、あたしは二つ返事でその場を離れた。

そうは言ってもあたしもずぶ濡れなので、リゾート的なペラペラのワンピースを脱いで絞りながら、遠目で住職と若い娘を見ていると……住職が何かを彼女に渡すのが見えた。気付け薬かなにかなんだろう。

あたしは仕事に戻ったが「どこでサボってたんですか！」とこうしろうに怒られてしまった。まあ髪も濡れているので、海で遊んでいたと誤解されても仕方がない。

下準備が出来た食材を持って、門多木家の屋敷に向かっていると……「大変だ！」という声が寺のほうから聞こえ、ほどなくひっそりした家々からわらわらと人が出てきて、集落はひっくり返るほどの大騒ぎになった。

人々が叫んだり興奮して喋っている断片を繋げると、どうやら海士彦集落で人死にが出たらしい。

その時にあたしが考えたのは……結納の儀に加えて、通夜振る舞いと精進落としの料理の発注が来るんじゃないか？　そうなったらモーレツに大変だぞってことだった。

まさか、亡くなったのが、さっき助けたばかりの、冠礼家のお嬢さんだなんて、その時は夢にも思わなかったのだ。

「そんな……やっぱり自殺しちゃったんですか？　なんてかわいそうなんだろう……」

まだ若くて、あんなに綺麗で、これからいくらでも幸せな未来がありそうだったお嬢さんの死を住職から知らされたあたしは、心から悼んだ。

だが、集落の人たちには別の心配があった。

門多木家の結納は明日。そして冠礼家のお嬢さんのお通夜も普通に考えれば、明日。

二大イベントが重なる事態になると、集落の人たちにとってやっかいな問題が発生する。通夜と結納式、どちらに出席すべきかという問題だ。

言わば、踏み絵。どっちに出るかで「門多木派」「冠礼派」に色分けされてしまうのだ。


「もうお判りでしょうが、明日のお通夜の……通夜振る舞いの仕事を頂戴《ちょうだい》しました」

カフェに戻ると露廉太郎が厳かに宣言した。

「結納式に加え、通夜振る舞いもやるのです。略式ではなく作法に則った正式なものです。それは累積赤字を埋める、大きなチャンスです！」

まるでお通夜がめでたいような口ぶりだが、まあ商売的にはその通りなのだ。

「しかし結納は百人分、お通夜も百人分ってことですが、受けて大丈夫なんですか？」

こうしろうは心配そうに訊いた。

「ちょっとマンパワー的に無理では？」

「やるのです！」

太郎はキッパリと言った。

「冠礼家からは、くれぐれも門多木家の料理に格負けしないような献立にしてくれ、通夜振る舞いを昼間の結納式と同じ、会席のコースにしてくれ、若くして亡くなったお嬢さんを悼むにはそれしかない、との厳命です」

そう言った太郎は「大丈夫でしょ？」と笑みを浮かべた。

「どちらも会席のコースなら、献立はほとんど同じだし……お通夜はお寺でやるから、料理を運ぶのは簡単です。食器とかは両家の家宝を使わせてくれるし」

「だけど、結納は門多木家の大広間ですよ。食材の倉庫も門多木家だし。注文は合計二百人分だし、動線が長すぎて大変なんだけど」

あたしは想像するだけでヘトヘトになるが、太郎は「やるのです！」と繰り返した。

「せめて、結納とお通夜の時間をずらすよう、交渉してください！　かち合ったらパニックです。いいですよね！」

あたしが血相を変えて言ったので、太郎は「判りました」と呟くと飛び出していった。

「太郎さんには仕切り役に徹して貰いましょう。その分、我々は準備に集中です！」

香西さんはそう宣言して、メニュー作りと食材の注文リスト作りに取りかかった。

「どっちも会席を基準にして……結納の方はお赤飯に鯛の尾頭《おかしら》付きにして、あとは共通でいいんじゃないの？」

専門がフランス料理の香西さんは、伝統的日本料理の細かな決まり事に不安があるのだろう、持ってきた資料と首っ引きだ。

「調整出来ました！　慶弔の時間の調整。通夜を結納式が終わってから開始することで、なんとか冠礼家に納得して戴けました。結納はランチ、お通夜はディナー。お通夜は作法的にも夕方からの開始でいいわけで」

判りましたと言った香西さんの顔は心なしか青ざめている。

「ええと、お通夜のような法事は精進料理が基本だから……本来は肉や魚は使えない」

三上さんが資料を読み上げた。

「でもここでは慶弔ともにフグの干物を使うのが必須なんだから、このルールはナシね。料理のお出汁《だし》も、昆布だしが主体。鯛、海老などのお祝い事の席に使用される物はダメ」

「それくらいは知ってる」

「紅白の色使いはダメ。マグロとイカを並べたり、大根と人参《にんじん》の紅白は避けるべき」

「それも判ってる」

「派手な盛り付けや器もダメ。季節感を出す菊や穂紫蘇《ほじそ》などはいいけど、『桃の花』や『桜の塩漬け』などはダメ」

香西さんは頷いた。

「胡麻《ごま》豆腐、お浸し、和《あ》え物、酢の物、煮染め、けんちん汁、野菜の天婦羅、黒豆ごはん……お黒飯ってとこね。でもこれじゃあ淋《さび》しいし、都会のお通夜だとお寿司を取ったりするでしょう？　だったらお刺身もアリよね？　肉も、鶏肉や鴨《かも》ならいいとか」

「う～ん。それだと、結納のお料理とは違ってきますね。食材を追加発注しないと」

検討のすえお通夜の献立は作法に則り、前菜から始まる会席料理のコースをなぞるとして、その要所要所にフグの干物をアレンジして使う事にした。

「前八寸は焼きフグ干物と菜の花辛子醤油和え。お吸い物にもフグ干物をほぐして入れて、焼き物にもフグの干物の白焼き。揚げ物は筍とフグの干物の博多揚げ。煮物もフグの干物煮というフグづくし。ご飯も、フグの炊き込みご飯にして……」

「飽きませんかね？」

フグづくしに、ふとあたしは不安を感じた。

「飽きるものですか。私を誰だと思ってるんです？」

シェフの香西さんは胸を張った。

「焼いたフグの干物の香ばしさと濃縮された滋味、から揚げにされたフグの、揚げられて解放された味の変化、煮物のお出汁とフグの風味の見事な調和を是非楽しんで戴きたいわ。こうなったら、お造りも出しちゃおうかな。実は干物にする前のフグが、冷凍庫に保存されているのを発見したのよ！」

「おお、それは宜しいのではないかと」

こうしろうがもろ手を挙げて賛同した。

「フグと言えば鍋というかてっちり。その鍋がないのですから、是非ともフグ刺しを！」

自分が食べるわけではないのに、こうしろうは強く主張した。

「しかも、あの美味しいフグ雑炊もない……」

こうしろうは、この世の終わりのように嘆いたが、他のスタッフはそれどころではない。

「結納の方には、鯛の尾頭付き、伊勢エビの塩焼きにお赤飯。お通夜には赤飯の代わりにお黒飯を出して……困ったなあ。鯛と伊勢エビの代わりになる高級食材が……」

「結納の方は、刺身と揚げ物、煮物をカットしましょう！」

三上さんが電卓片手に計算して、「それしかない！」と断言した。

「食材の追加発注が間に合いません！」

花子が青くなって報告した。

「しかたない。足りないものは量を減らして、その分を箸休めとして素麺《そうめん》を出したり、チキンのチーズオーブン焼きとかを足して誤魔化しましょう。カレーとか焼きそばはさすがにマズいだろうけど」

ここで三途川温泉の、あの節約料理の知恵が生きてくるとは！

それからあたしたちは、太郎と花子のコンビを加えて、大車輪に働きに働いて、結納とお通夜に出す料理、都合二百人前をなんとか仕込み終えた。

＊

当日。

まずは結納の儀。

最後の焼きなどは門多木家の台所を借りて仕上げをしたが、大広間に配膳するだけでも一苦労だ。あたしたちだけでは無理なので、門多木家の女性たちに手伝って貰って、なんとかした。

「犬神家の一族」に出てきそうな重々しい感じの大広間に関係者がズラッと並んでいる。

「ヤクザの代替わりのお披露目みたいだなあ」

こうしろうがぽつりと言った。

たしかに、門多木家の当主・紋太郎《もんたろう》は没落貴族風の優男だが、一人娘を押しつけてこの集落を乗っ取ろうとしている金子社長はちょび髭、鼈甲《べっこう》メガネの小男で、ギラギラしていて「圧」が凄い。

「あ〜皆の衆。ワタクシはネ、この素晴らしい自然をネ、より多くの人に知って欲しい。そうしてこの地に大勢の人が訪れるようになればネ、この地も豊かになって活気が出て、過疎で廃村寸前な今とはまた大きく違ってくると信じておるのであります。そしてまたネ、偶然にも、我が愛する娘がこの地を気に入り、この地の大地主でこの地の盟主たる門多木家のご子息に一目惚れしてしまったという奇縁があってネ、これは神のお告げであろうと、大切にしたいのであります。皆の衆、どうか宜しくお願い申し上げる次第であります」

金子社長は芝居がかった口上を、渋い声で朗々と喋り、その横で妖艶さを振り撒く令嬢マリは、ドキッとするような流し目を当たりにまき散らしている。

そのマリは、ほぼ金髪のような明るい色の髪が縦ロールになっていて、唇が肉感的で全体に濃い顔。それに濃い化粧なのでなかなか強烈な印象だ。その胸の大きさは、総絞りに豪華な刺繍《ししゅう》の大振り袖でも隠せない。

こういう強烈な父娘と比べると完全に薄味で影の薄い紋太郎の横に座っているのが、一人息子の……ええと名前は忘れたのでロミ男とでも呼んでおこう。父親より一層影が薄くて存在感ゼロ。馬にも乗れそうもないしギターも弾けそうにない。親の言いなりのヘタレ野郎で、腰抜けでヘラヘラで……。

って、誰かが言った言葉があたしの頭に浮かんできた。これを見れば、いかに勘が鈍くて察しが悪いあたしにも判る。

アキラが口を極めて罵っていたのは、ロミ男だ。ということは、アキラが片思いしていたのは……死んでしまった珠莉恵さん？

その事に気がついたあたしは、なんだか心が乱れに乱れて、鯛の尾頭付きの数を間違えた。その分、素麺をたくさん出して叱られたし、最後に出す、お祝いの言葉を書き記したのし袋の水引が蝶結びになっていることにも気づかず、そのまま配ったりしてしまったが、誰も何も言わなかったのは、この結納自体、集落の人たちに良く思われていなかったのだろう。

というか、正直、この結納はどうでもいいのだ。ヘタレ男が悪役令嬢と一緒になろうが、もうどうでもいい。

あたしたちは後片付けを門多木家の人に任せてとって返し、今度はお通夜の準備に取りかかった。だがそこでもあたしはやらかした。

「ねえ、この黒豆、お黒飯に入れるはずだったのに、どうして使ってないの？」

香西さんのテンパった声が刹那寺の庫裏に響いた。

「ヒロミさん、お黒飯の仕込み、お願いしたわよね？」

そう言いながら大容量の炊飯器の蓋を開けた香西さんの顔色が変わった。

「何これ？　お赤飯じゃないの！」

しまった！　昼間にやった通り、あたしは何も考えず炊飯器に小豆を入れて、そのままスイッチを押してしまったのだ。

「どうするのよこれ？」

「小豆を全部取り除いて、ゆでた黒豆を混ぜれば……なんとか」

「色がついちゃってるでしょ！　ピンク色が」

お黒飯、別名藤ご飯は、黒豆のアントシアニンで、綺麗な薄紫になるものなのだという。絶対絶命……と思ったところで閃《ひらめ》いた。

「お寺の庫裏に古いペプシブルーがありました。あれをこの中に入れて、もう一度スイッチを入れれば……」

香西シェフは難色を示したが、もはや時間はない。あたしは青い液体をどばどばと注ぎ込んだ。


冠礼家の人たちの協力を得て、会場となる刹那寺の広間の設営は済んでいる。あとは庫裏のキッチンで料理を温めたり揚げたり焼いたりして盛りつけて配膳するだけだ。

刹那寺の本堂には、珠莉恵さんの亡骸が入ったお棺が安置されて、座布団も並んでいる。

あたしたちは、お通夜が始まる前にご遺体に手を合わせ、対面させて貰った。

やっぱり……あの時入水自殺をしようとした若い女性が、珠莉恵さんだった。とても綺麗なお顔なだけに、さぞや無念だっただろうと、あたしまで涙が出てしまった。

でも、泣いていられない。住職がお経を上げて出席者がご焼香をしている間に、会席の準備を完了させなければいけないのだ。

が。

住職の読経が終わって法話も終わっていないのに、庫裏と大広間を往復していたあたしにもハッキリ聞こえる騒ぎが起きた。

気になったので、様子を見に行ったら……。

通夜の席には来てはいけない人物がやって来ていた！　いや、やって来たというのは生やさしい。「乗り込んできた」と言うべきだ。

ロミ男と、今や正式なフィアンセとなった金子マリが、お通夜をしている本堂に侵入してきたのだ！　この二人は、珠莉恵さんを自殺に追い込んだ、まさに張本人ではないか！

「今夜は未来の旦那様と二人きり、ゆっくり結納式の余韻に浸って、幸せな気分で過ごしたかったのに……当てつけで死ぬなんてひどいじゃないの！　私たちの気持ちをどうしてくれるの！」

無礼にもホドがある悪役令嬢が、「ひと目死に顔を見せてくれる？」とお棺に近寄った。

「かっ帰れ！」

激怒して真っ赤な顔で立ち塞がったのは、冠礼家の当主・官右衛門《かんえもん》だ。

「お前らなどには見せん！　穢《けが》らわしい！　今すぐ出ていけ！　失せろ！　地獄に墜《お》ちろ！　血の池地獄で焼き尽くされろ！」

そう喚《わめ》くと近くにあった壺を抱えて、中に入っている塩を水戸泉《みといずみ》のように豪快に撒いた。

「お前らが来るかもしれんと用意してあったんだ！　まさかと思っていたが、本当に顔を出しおった！　この、金の亡者どもめが！」

当主は塩つぶてを二人に投げつけた。

「あ〜ら、そんなことして、いいのかしら？　私に逆らうと、この集落で生きていけなくなるわよ」

令嬢マリは涼しい顔でレースの扇で塩つぶてを遮り、冠礼家の当主を見下した。

「ナニを言いおる！　可愛い娘を死に追いやったのはお前らじゃないか！　この人殺し！　人非人！　外道！　人間のクズ！」

そう言ってなおも塩を投げつけようとする当主を、住民たちが羽交い締めにした。

「冠礼さん、気持ちは重々判るが、どうか、ここは穏便に」

「そうだ。わしらにまでとばっちりが来るのはホトホト困るんだ」

「耐え難きを耐え忍び難きを忍んでくれ！」

と住民たちは通夜の席の忌み言葉（重ね言葉）を織り交ぜて口々に当主を必死に宥《なだ》めた。

あたしは、悪役令嬢マリにも、当主を止める住民にもこれ以上ないほど腹を立てていた。

お前ら止めるなら悪役令嬢の方だろうが！

しかし門多木家を手中に収めた令嬢は増長して、お棺に歩み寄って中を覗き込むと、信じ難いバチ当たりな言葉を吐いた。

「ねえ。こ〜んなカラダの弱そうな女と結婚しなくてよかったわね、ダーリン！丈夫な赤ちゃんなんかきっと産めないわよ。その点私はスポーツ万能だもの。浮かぶカジノ・ホテルが出来たら、目の前の海でジェットスキーを一緒にやりましょう」

令嬢マリは、美しくて上品な、お嬢さんの死に顔に嫉妬して逆上しているのだ。

それにしても情けないのはロミ男だ。

「あの……そういう、死者に鞭打《むちう》つようなことは……」

この女が出現する前に将来を誓った女性の、それも亡骸を前に、暴言を吐くクソ女を制止も出来ず、ひたすら逃げ腰なのが腹立たしい。

だが根性ワル悪役令嬢はなおも毒を吐く。

「なによ？　この私に黙れって言うの？　あなた、私に指図するつもり？」

反撃された途端、ロミ男は狼狽《ろうばい》して即座に態度を変えた。

「ごめん。そんなつもりじゃなかったんだ。ホントにごめん」

本当に情けないやつ！　アキラがクソミソに罵ったとおりだ。一時とは言え、言い交わした女性が侮辱されているというのに……。

あたしは義憤に駆られて頭に血が上った。しかし、完全な部外者のあたしは何も言えない。悔しい。悔しすぎる。だが。

「おい、あんた、そこのバカ女！　いい加減にしろ」

本堂の入口にすっくと立っているのは誰あろう、アキラだった！

「人の道に外れたクズは、いますぐここから出て行ってもらおう！　珠莉恵さんの死を穢すやつは、この俺が許さねえ！」

アキラは着ていた革ジャンを一瞬にして脱ぎ捨てた。

「アンタもアンタのオヤジも、サイテーのクズだ。ここの人たちの頬を札束で叩きやがって！　なーにがアミューズメントセンターだ。そんなこと言うやつは昔から惨めに滅ぶと相場が決まってるんだ！」

「な、なによ、アンタ……」

「名乗るほどの者じゃねえが、曲がったことが大嫌いなんだ。渡り鳥、流れ者、暴れん坊、なんとでも呼んでくれ！」

アキラの勢いにマリは絶句し、集落の住民たちも金縛りにあったように固まった。

だが、完全に劣勢になった悪役令嬢は、新たな意地悪を繰り出した。

「さあ皆さん！　こんな辛気くさいお通夜にいることはないわ。私の未来の旦那様のお屋敷で、今夜は夜を徹してパーティをするの。ここにいる全員を招待するわ。招待に応じない人は……どうなるか判っているわよね？」

え？　とあたしが戸惑っているうちに、集落の住人たちは薄情にも全員が席を立ち、ぞろぞろと出て行ってしまった。

「いやいや、お通夜振る舞いを、どうするんですか！」

あたしは本堂を出て行く住民たちの背中に怒鳴った。

「それは全部、門多木に運びなさいよ！　お金は倍額払うから。黒飯は要らないけど」

このお黒飯は、赤飯にペプシブルーをまぶして炊き直して色をつけた苦肉の策なのだ。それをあっさり要らないなんて。

「おんどりゃ、もう一回言うてみんかい、この外道が！」

と叫びたくなったが、我慢した。目の前の住職と冠礼家当主の萎《しお》れ方が尋常ではなかったからだ。

住職はこのあからさまな不義理と不人情に驚いて呆れ果て、冠礼家の当主は住人たちの仕打ちに男泣きに泣いている。

「珠莉恵！　父さんを許してくれ。こんな理も情けもない連中をどうにもできない！　私ももう、生きていくのが嫌になったよ」

呆然と見ているあたしの肩がポンと叩かれた。振り返るとそれはこうしろうだった。

「お客さんが全員、門多木家に移ってしまったから……私も向こうの面倒を見なければ。ここはヒロミさんに任せていいかな？」

門多木の家になど行きたくもないので、あたしは頷いた。

こうしろうたちと入れ替わるように、この村の駐在さんがやってきた。

「お取り込み中、大変失礼ですが、どうしても今夜中にお嬢さんの死亡事案について、ご両親、そしてご住職からも事情聴取をせねばならんのです。署までご足労願えますか？」

これもすべて金子父娘の差し金か？

駐在さんの言うことに従わなければ、彼らは県警にも人脈があるだろうから……。

それは冠礼家当主も判っていた。

「仕方がない……長いモノには巻かれるしかないということですな……この地を門多木と二分していた冠礼家も、もう終わりだ……」

当主は肩を落とし、奥様を呼んで一緒に本堂を出て行ってしまい、住職もがっくりして駐在所に向かった。

根性ワル且つ史上最悪のスベタ悪役令嬢は、かわいそうなお嬢さんの亡骸を、残酷にも、この世にある最後の夜、ひとりぼっちにしてしまうことに成功したのだ。

でも、お嬢さん、あたしだけは、ここに残ってご遺体の番をします、と心の中で呟き、珠莉恵さんの後生の幸せをあたしは祈った。

でも、広い本堂にはアキラもいる。

みんながいなくなり、あたしがお線香や蠟燭《ろうそく》の灯を絶やさないようにしていると、アキラがぽつりと言った。

「悪い。最後に、お嬢さんと二人っきりにしてほしいんだけど……」

アキラの切ない気持ちはよく判る。

あたしは承知して本堂から出たが……そうは言ってもどうしても気になってしまう。

アキラは何をするんだろう？　と、ついつい物陰から覗いてしまった。

アキラは……なんと、棺桶を開いて、お嬢さんの亡骸を抱き上げているではないか！

ううう。これは嵐が丘か絶唱か？　それとも落語の「かんかんのう」が始まるのか？

アキラは、「こんな形で抱き合うことになるなんて！」と号泣しながら珠莉恵お嬢様の亡骸をひしと抱きしめている。

あたしは……止めなければ、と思うけれど、アキラの心情を思うとあまりに可哀想なので、何も出来ない。

と……。

どういうことだろう。あたしはゴシゴシと目を擦《こす》った。

お嬢さんの亡骸の真っ白な頬に、ゆっくりと赤みが差してきたように見えたのだ。

そのうちに、「うっ……ううん」と、喘《あえ》ぐような声も聞こえてきた。

珠莉恵お嬢様の唇が開き、僅かに震えているのが判った。耳をそばだてると、喘ぎ声は、まごう事なくお嬢様の口から漏れているのだ。

「ひっ！」

なんだこれは！　死んだはずだよ珠莉恵さん！

さすがのアキラも一瞬、恐怖に硬直した。

ゾンビ？　死者の甦《よみがえ》り？　ホラー映画の断片が脳裏を掠《かす》めたあたしも震え上がった。

なんということだろう、ついに、お嬢様の両の目が、ぱっちりと開いたではない

か！

「うわあああぁっ！」

アキラは叫んだが、あまりに怖いと声も出ないのか、それは空気が漏れるような

音になっただけだった。

「アキラさん……珠莉恵、うれしい……」

死んだはずのお嬢様が、喋った！

「い、生き返ったの？」

お嬢様は、こくりと、ハッキリと頷いた。

うわあ！　生き返った！

腰が抜けたあたしがジタバタしていると、何故かそこにロミ男が戻ってきた。

「やっぱりボクは、珠莉恵、キミをきちんと弔いたい……あ！」

ロミ男は、アキラがお嬢様を抱きしめているのを見て、素っ頓狂な声を上げた。

「きっ君たちは、ななな、なにをしているんだっ！」

アキラは黙ってロミ男を睨み返した。

そこへ、フィアンセを追って悪役令嬢マリもやって来た。

「アナタ！　アナタはやっぱりこの女に未練があったのね！　私の目を盗もうったって、そうは……ちょ、ちょっと！」

マリも、アキラの腕の中の生きている珠莉恵を目撃して仰天した。

「あ、あんたは死んだ筈じゃなかったの!?」

「私は……生きています！」

完全に目を醒ました珠梨恵は、ハッキリと声に出して言った。

「それと、あなたたちの言ったことは全部聞こえていました」

冠礼家のお嬢様は死んではいなかった。

「ご住職様から戴いた秘薬を飲みました。私が死ねば、あなたが泣いて、婚約を破棄してくれるかと期待して。でもこのお薬は身体を動かなくするだけで、意識は保たれているのです」

このビッグニュースは一瀉千里《いっしゃせんり》を走り、門多木家に行っていた住人全員が本堂に戻ってきた。

そこに住職が現れて、爆弾発言をした。

「私がお嬢さんに授けたのは、フグ毒から抽出した仮死状態になる薬だ。これには高濃度のテトロドトキシンが含まれておってな、身体が動かず声も出せなくなるだけで、感覚は残っているのだ。ハイチに伝わる、いわゆるゾンビパウダーと同じ成分なのだ」

「どうしてまた、そんな手の込んだことを」

「早い話が、西洋の故事に倣って、愛し合う二人を添わせるべく仮死の毒を使った計略を立てたのだが、そこにいるヘタレ男は金子社長の娘に心移りをしてしまって、私の計画も無駄に終わったわけだ。お嬢さんの死を悼むどころか、もう気に掛けることはないとばかりに、心置きなくそこのピラニア女と結婚することしか考えておらん」

そこで住職は珠莉恵さんに向き直った。

「お嬢さん。お嬢さんはまさか、こんなクソバカ男のために、二度目の、そして本当の死を選んだりはしますまいな？」

「するわけがありません！」

珠莉恵さんはきっぱりと言った。

「そこの人が私の事をひどく言っているのに、あなた、あなたは私のことを全然庇ってくれなかったのね？」

「いやいやいやいや」

ロミ男は慌てて言い訳しようとした。

「だってきみは……もう死んでいたんだし」

「死んだらもう用はないってこと？　いいえ。死ぬ前からもうあなたは、そのひとに乗り換えようとしていたじゃないの！」

「仕方ないじゃないか。親父《おやじ》がどうしてもマリさんと結婚しろと言うから」

「だから、結納の前に、一緒に逃げましょうって、私、言いましたよね？」

珠莉恵お嬢さんはロミ男に言い募った。

「だけど、逃げるなんて……知らない土地に行って、箸より重いものを持ったことのないきみに、ボクは余計な苦労させたくなかった」

「苦労したくないのはアナタでしょ！」

「だから、他所《よそ》で苦労するより、二人ともここに留《とど》まって」

「時々私に会いに来るって言うの？　そこの女と結婚したあとで？　『もののけ姫』のアシタカみたいなこと言われて、私が喜ぶとでも思ったの？　この私を愛人扱いするわけ？」

「だからって当てつけみたいに薬を飲むことはないじゃないか。村の人たちからボクが、どう思われるか」

「そういうところよ。あなたはいつも自分のことばっかり。『ボク可哀想』ばっかり」

私が死んでしまおうと思い詰める前から私のことを捨てようとしていたくせに。死んだら涙くらいは流してくれると思ってた。悪役令嬢に乗り換えたことをせめて悪いと思ってくれるかと……と言い募る珠莉恵さんに、その時、アキラがぼそっと言った。

「けど、そんなヘタレな男を選んで言い交わしちまったのもお嬢さん、あんただろ？」

クールにそう言い放たれた珠莉恵さんは、さすがにハッと我に返った。

「そうなのよね……」

「そうよそうよ！　棄てちゃいなさい、そんなクソ男。女の敵！」

それまで首がもげるほどうなずいていたあたしも、気がついたらアキラに加勢していた。

「ほら、そこにいるアキラさんのほうが、よっぽどステキじゃないの！　見た目も決断力も頭の良さも、全部勝ってる。馬にも乗れるしギターだって弾けそうよ。何よりも珠莉恵さん、あなたに対する愛情の深さが全然違う」

アキラさんがずっとあなたのことを想《おも》っていたのは知っている、とあたしはガンガン言った。あたしの体当たりアタックにも陥落しなかったのだから、という言葉は呑み込んだ。

「そんなクソビッチにも逆らえない、救いようのない、重度のアホは棄てろ！」

「そうね……」

珠莉恵さんの表情は変わっていた。アキラを見る目と、ロミ男を見る目がハッキリと違う。三百七十三度くらい温度差がある。

「あなたのことを一ミリでも素敵だと、ずっと思っていた自分をひっぱたいてやりたい」

それを聞いたロミ男はにわかにおどおどし始めた。

「わ、判ったよ珠莉恵……何もそんなことまで言わなくても。そこにいる余所者の巨乳女に重度のアホとまで言われる筋合いもない」

ついに「あーあーあー、判った判った！」とロミ男はキレた。

「いいだろう。一緒に逃げよう。逃げればいいんだろ？　逃げればきみは納得するんだろ」

しかし珠莉恵は冷ややかに言い放った。

「あなたってやっぱり重度のアホなのね。大事な言葉は、一番必要な時に言わなければ、意味がないのよ」

そうだ！　とあたしも加勢した。

「マジそれ。どうせこいつは一応逃げたフリで隣町かどっかに行って、すぐ戻ってくればいいぐらいにしか思ってないんだから。お嬢さん、ダマされちゃダメよ！」

「ちょっと待ちな」

と、アキラがクールに割り込んだ。

「こんな男と逃げるくらいなら、お嬢さん、おれが何処へでも連れてってやるぜ」

アキラがそう言って指笛を吹くと、本堂の閉じられた扉を突き破って、白馬が颯《さっ》爽《そう》と現れ、蹄《ひづめ》の音も高らかに本堂の中に入ってきた。

その白馬にひらりと跨がったアキラは、「さあ」と珠莉恵に手を差し出した。

目と目を見交わす美男美女のカップル。

いつの間にか朝になっていて、折から雲が割れ、さーっと射《さ》し込んだ朝日が二人を眩《まばゆ》く照らし出した。

あたかもスポットライトが当たったかのような、あまりに美しい光景に息を呑んだのはあたしだけではなかった。

アキラに差し出された手を、珠莉恵がしっかりと握った。

鐙《あぶみ》に足をかけ、もう片方の足で地面を蹴る彼女。

ぐい、と引くアキラ。

二人の呼吸がぴったりと合った次の瞬間、彼女も馬上の人となっていた。

馬がいななき、蹄が本堂の木の床を蹴る。

朝日の中を駆け去る馬上の二人。

あたしの脳内に響き渡るなにかの音楽。

『♪赤い夕陽よ　燃えおちて〜』

そんな歌、聴いたこともないのに、あたしの脳内で再生されたのは、これ、天の声だったの？　夕陽じゃなくて朝日なんだけど。

とにかく、白馬に跨がった美男美女は、どこかに駆け去ってしまった。

後に残されたのは、クソバカ男へタレ重度のアホとさんざんボコられたロミ男だ。

「こんな……こんなことって。ボクの一体、どこが悪かったっていうんだ！」

そう言ったロミ男は呆然として膝から崩れ落ちた。

「全部でしょ」と、あたしは内心で突っ込んだ。心で思っただけのつもりだったのに、なぜか声として口から出てしまったようだ。

「何よ、アンタ失礼ね。そりゃこの人は頼りないしハッキリしないし筋肉もないし、取り柄といったら顔の良さと実家の太さだけだけど、この人の実家の、この海辺の土地が、私たちのアミューズメントセンターには絶対に必要なの！」

そこんとこ判ってるわよね？　と悪役令嬢マリはロミ男を見た。

「この土地の生前贈与の手続きはウチの税理士に頼んで完了したわ。名義人はあなたよ。あとはあなたと私が入籍して毎年、百十万円分ずつ私が贈与を受ければいいだけ。それでこの土地は私とパパの会社のものよ！」

勝ち誇った悪役令嬢の甲高い笑い声が本堂に響いて嫌なエコーを伴った。

「否！」

活を入れるような住職の声が響いた。

「そんなことは許されぬ！　この土地を余所者に売れば、必ずや悪いことが起きるのだ」

「なにそれ。くだらない迷信よ」

マリは鼻先で嗤《わら》った。

「いいや、迷信ではないのだ」

そう言った住職は懐から巻物を取り出すと、床に広げるた。

「ほれ、ここにウン百年前に起きた災いの絵がちゃんと描いてある」

巻物には確かに、大きな波が集落を襲い、波間に髪が長くクチバシのようなもののある人魚が顔を出している絵が描いてある。

「ばっかばかしい。そんな巨大アマビエみたいなもの、誰が怖がるってのよ？」

令嬢がそう言い放った瞬間、不気味な轟音《ごうおん》が沖のほうから聞こえてきた。

海の方を見ると、朝日にキラキラと照らされた海面が不自然な盛り上がりを見せているではないか！

もしかして……あれは……。

「遅かったか……せっかく手を打ったのに、間に合わなかったのか」

住職は観念したように首を振った。

何が間に合わなかったというのだろう？　それに、この不気味な海の気配は何？　今、この場にいるあたしたち全員、何かの災厄で、集落もろとも押し流されてしまうのか……？

こうしろうも香西さんも三上さんも、全員が怖ろしい予感に真っ青になって震え上がった、その時。

へなへなと座り込んでいた住職がすくっと立ち上がって沖を指さした。

「間に合った……この集落は救われた！」

不気味に盛り上がった海面。朝日に照らされ切り立った黒い壁のようになった波を、滑りおりてくる小さな点と、一筋の白い航跡。

砂浜に接近するにつれて、それは一台のジェットスキーと、それを操る背の高い人であることが見えてきた。

みるみるビーチに近づいて、波打ち際の砂に乗り上げて、ジェットスキーは止まった。

それから降り立ったのは、プラチナ色の髪をした、信じられないほど美形の男だった。

果たしてこれは人間なのか？　宇宙人か？　はたまた神様か？

その人影は、サーフパンツとラッシュガードを着ている。そのままビーチの砂を踏みしめ、まっすぐにこの寺の本堂にやってきた。

「迎えに来たよ、マリ。こんなショボい集落でカジノもどきをやるより、僕とホストクラブの一大チェーンを築き上げよう！」

人間離れした美男は、そう言った。

「君の実家の財力と僕のカリスマ性があれば、間違いなく天下を獲れる」

「どうして……どうしてここが判ったの？」

美形の男にマリが訊いた。

この人は……テレビで見たことがある！　とあたしはようやく思い出した。

この男は、伝説のカリスマホストではないか！　名前は忘れたけど。

しかし二人は揉めている。

「だってあなたは私を捨てたくせに。あなたが選んだのは、あのホテルチェーンの女社長だったでしょう？　私の目の前で、これ見よがしにラストソングを歌って、二人で夜の街に消えたじゃないの！」

「あれは僕の判断ミスだ。すまない。情報が錯綜していた。ホテルチェーンより、君のパパの会社のほうが、ＰＥＧレシオの数値も株価キャッシュフロー倍率も、遥《はる》かに上であることが判ったんだ」

住職が、あたしの耳元で囁《ささや》いた。

「二社の財務諸表を分析して、あのホストに知らせてやったのは私だ」

「……それで迎えに来たわけですか？」

金の匂いに群がる者同士ってことか。

「どうしたの、マリ。まさか、そこにいる冴えない七光り男がまだ好きなのかな？　もう入籍してしまったの？」

「まだよ！　私の戸籍は綺麗なまま……」

「だったら、一緒においで！」

伝説のホストとマリは手に手を取ると、そのまま本堂から走り去ってしまった。何故かマリの髪がスローモーションで風になびいた。

待て、その男はカネ目当てだぞ！　とあたしは言いそうになったが……黙っていた。

考えてみれば悪役令嬢も最初からカネ目当ての土地目当てでヘタレ男と結婚しようとしていたのだ。このカテゴリーの人たちにとって、金の亡者になる事は特に問題ではなく、むしろ当たり前のことなのかもしれなかった。

しょせん、あたしのような庶民には判らない世界なのね。

乗り物が馬からジェットスキーに変わっただけで、さっきとほとんど同じ光景が繰り返され、相思相愛？　のカップルはエンジンの音も高らかに沖へと去り、急旋回してあたしたちの視界から消えた。

……気がつくと、海はすっかり凪《な》ぎ、つい先ほどまでの不穏な様子は完全に消えていた。

「因果応報はこの世の習い」

住職は厳かにそう言った。

「ちょ、待てよ！　因果応報って、それじゃボクが悪かったってこと？」

一人残されたロミ男だけが判っていない。

「まだ判らぬのか？　判るまで大海原を見つめてオノレの心と向き合うのじゃ」

住職はそう言い放った。

不思議な感覚だけが残ったけど……そもそも西伊豆の海って、夕陽は見えても朝日は見えないんじゃない？　と気がついたが、それもすべて、この集落の魔法のうちなのだろう……。

＊＊＊

「というようなことがね、昔あったの」

と、ヒロミおばあちゃんは孫に語った。

「信じるも信じないも、あなた次第だけどね」

「でもそれじゃダメだと思うよ」

そういうのはゲンジツトウヒだって幼稚園の先生が言っていた、と孫が口を尖らせた。

「自分のダメなところにきちんと向き合わないと、そういう人は何度でも、同じことを繰り返しちゃうんだって」

「あ～らそれはあなたの言うとおりねえ。おばあちゃんもね、同じような失敗を何度も繰り返してきたもの。あなたは偉いねえ。ホント誰に似たのかねえ。おじいちゃんかもしれないわね」

ヒロミ婆さんが目を向けた仏壇には遺影がある。ちょうど電灯の明かりが反射して、その遺影が誰なのかは判らなかった……。

第五話　遺産相続は生姜《ショウガ》の香り

都心にほど近い、ある高級住宅街にある、大豪邸。由緒あるお寺かと思うような長い長い塀に囲まれたお屋敷の大広間では、一族が集まって、遺産相続の協議が始まっていた。

と、言っても、集まっているのはたった三人。それが二十畳はある大広間に距離をあけて座っている。でも、この薄ら寒い空気は、空間のせいだけではなさそうだ、と私は思った。三世代と思《おぼ》しき三人。老女と、中年の女性と、その息子らしき若者。息子の人相は悪く、母親は強欲そう。だが、この屋敷の主である老女は、ひどく淋しそうだ。

私こと居間野ヒロミは、ケータリングや出張パーティの会社 La meilleure nourriture（未《いま》だにきちんと発音できない）の社員見習いで、この家族会議の食事を用意する係として待機しているが、ちょっと事情があって顔を出すことができない。大広間の外からこっそり覗き見ているのだけれど、穏やかとは言えないやりとりは丸聞こえだ。

「だから咲良《さくら》は……妹は行方が判らないんだよ！　出て行ったきり音信不通なんだ。だからばあちゃんの財産は、全部おれのものでしょう？　法律的にもそうなってい るわけだし。今更、こんな話し合い、必要ねえって！」

野太い下品な若い男の声。

「そうは言うけどねえ……」

溜息をつく老女に若者の母親が言う。

「お義母様《かあさま》。お義母様だけが大した根拠もなく渋ってるのですよ？　どうして出て行ったあの娘《こ》にこだわるんです？　どうせ女の子だし、遺産なんて必要ないじゃないですか。みんな正太郎《しょうたろう》に贈与してくだされぱいいんです」

キンキンと耳障りな中年女の声。

私はこの家とはまったく何の関係もない赤の他人だけど、いささか事情があって内情を知ることになった。

淋しそうなお婆さんは、このお屋敷の当主である弓庭梅子《ゆにわうめこ》さん。女ながら一代で財を成した才覚の持ち主だそうだけど、家族には恵まれず夫に先立たれ、一人息子にも早死にされてしまった。

その一人息子の連れ合いが、強欲そうな中年女性・正子《まさこ》だ。梅子さんと養子縁組をしていない彼女に相続権は無い。だから溺愛している長男を唆《そそのか》して、遺産を全額せしめようとしている。

つまり現在のところ、梅子さんの血を分けた親族は二人、孫息子の正太郎・三十二歳と、その妹・孫娘の咲良・十九歳の二人だけだ。

母の正子は何故か兄だけを可愛がり、妹を邪険にしてきた。

しかし梅子さんはどうやら、この孫息子である兄のほうを好きではない。

そして、兄と妹の間にはただの確執以上の大きな問題がある事を、私は知っている。

「咲良はロクでなしです。ダメな娘です。一族の面汚《つらよご》しです。相続は放棄させます。お義母様の面倒は私とこの子できちんと見ますから、どうかお義母様の財産は全部この子に。揉めないように是非、一筆書いてくださいな」

正子はキンキン声で梅子さんに迫っている。

「それを今、決めなければならないのかい」

「ええ。こう言ってはアレですけど、お義母様がこのまま亡くなってしまうと、あとが大変ですから。書面は用意しましたから、ここにサインして戴ければ」

正子がグイグイ攻めているところに、台所の勝手口が開き、こうしろうが顔を出した。塗りの御膳を捧《ささ》げ持っている。

お待たせ、と言うこうしろうに私は囁いた。

「いいところにきてくれた！　ジャストタイミングよ！」

「了解」

こうしろうの後ろには、同じく料理を載せた御膳を持ったシェフの香西さん、パティシエの三上さんが続いた。メンバー全員だ。

押し出しのいいこうしろうが、タキシードに黒の蝶ネクタイという一流レストランのメートル・ドテルの格好で、「失礼致します」とひと声かけて大広間に入る。

「お食事の用意ができました。お運びして宜しいでしょうか？」

「なんですかお食事って？　そんなの私が作りましたのに。チャチャッと、うどんとか」

不満そうな嫁、正子に梅子さんが言う。

「いえね、ちょっと前に売り込みがあってね、お試し価格で食事を用意するっていうから。いろいろ親身になってメニューを考えてくれてね。だからみんな、食べておくれ」

梅子さんが会釈したのがちらっと見えた。昔は美人だったと思える、粋な感じの人だ。

「では、お運び致します」

御膳に料理を載せてお出しするのは、和室だからだ。コースが進めば二の膳、三の膳を出すことになっている。

「本膳料理でございます。ウチなりの、フレンチ＝ジャポネの……」

と言いながら、三人分の御膳が並べられた。

「あの子の……咲良の分は？」

梅子さんが訊くと、こうしろうが答える間も与えず、正子が被せた。

「あの子が来るわけはないから要りませんよ」

いえいえ、と香西さんが割って入った。

「お見えになる前提でご用意してあります。お見えになったら温めてお出ししようと」

「そんなこと頼んでないでしょ！」

正子がキツい声で言った。

思わず私が襖《ふすま》ににじり寄って盗み見すると、般若のような怖い顔で怒鳴っている。

「その分も代金に上乗せするつもり？」

イエイエとこうしろうが答えた。

「お代は最初のお見積もりどおりで」

「だったら、その一人分、代金から引いてちょうだい」

「正子さん。そんなみっともないことをお言いでないよ」

梅子さんがぴしり、と正子を諭したので、般若も仕方なく押し黙った。その間、正太郎は不貞腐《ふてくさ》れて箸で料理をつつくだけだ。頭も根性も悪そうな仏頂面が余計に歪《ゆが》んでいる。

「咲良が……あの子が十六で家を出て行ってから、アタシはあの子のことを片時も忘れたことはなかった。何度も連れ戻そうとしたけれど、あの子が戻ってくることはなかった……」

ちょうど仕事が忙しい時で、孫娘《あのこ》を気に掛けてやることができなかった、と梅子さんは淋しそうに肩を落とした。

「いいんだよ、お婆さん」

正太郎が面倒くさそうな口調で言った。下品な声そのまんまの、不平不満が顔に滲《にじ》み出ているような、小太りで頭頂部が薄い、若ハゲの小デブだ。内心のブサイクさが、そのまま外見に表れているタイプの男だ。

「お袋が言うとおり、アイツはろくでなしの出来損ないですよ。不良だしアバズレだし、おれの足を引っ張るだけ引っ張ってるし……そんなやつに遺産なんかびた一文、残してやることはないですって！」

この家と土地と、都内あちこちにある不動産に預金、株券そのほか全部、是非おれに譲ってください、ねえいいでしょう、と正太郎は梅子さんに迫った。

「そうですよ、お義母様。正太郎がここまで言ってるんですから……」

と般若の正子も口を添えた、その時。

玄関がガラガラと物凄い勢いで開く音がした……と思ったら、ドスドスという足音が廊下を近づいてきた。

襖がガラリと引き開けられた。

仁王立ちしているのは一人の少女。金髪にピンクのマスク。チェックのミニスカートにハイソックスという女子高生スタイルだ。

「ちょっと。どういうことよ？　渋谷のあの家、あたしが使っていいっておばあちゃまは言ったよね？　なのに突然、おかしな連中がやってきて、あたしたち、追い出されたんですけど？」

「さ、咲良！」

驚く正太郎と正子。

「お、お前には……もう二度とこの家の敷居は跨がせないと言ったはずだ」

「跨いでないよ。踏んづけて通ったもの。あれくらいのことで、あたしの心が折れると思った？」

その言葉に、梅子さんは「ん？」という怪訝そうな表情になった。

「ちょっと、聞き捨てならないね？　なんだい？　あれくらいのことって？」

「そ、それは……」

正太郎が狼狽《うろた》えたのを、咲良は睨み付けた。

「大したことじゃないよ。おばあちゃまは気にしなくていいの。とにかくあんた」

咲良は正太郎に指を突きつけた。

「あんた、あたしを追い払ったつもりだろうけど、そうはいかないからね。あたしだっておばあちゃまの孫なんだから、貰うものはきっちり貰うからね！　とりあえず、渋谷の、あの家だけは返して。あそこが使えないと、困る子たちがいっぱいいるんだ」

タジタジとなった正太郎に代わって般若の正子が前に出た。

「ちょっと咲良！　自分のお兄ちゃんに対して『あんた』呼ばわりはないでしょう？」

「は？　このクソ外道って言わないだけありがたく思えば？　それとあんた」

咲良は実の母親もあんた呼ばわりした。

「あんた、外道があたしに何をしたか、全部知ってるんだよね？　知ってて知らないフリしたんだよね？　そんなあんたのことも、あたしは母親だと認めないからね！」

そう言われた般若はピクピクと顔を引き攣らせ、黙ってしまった。

＊

この食事会の、ちょっと前の話。

私は渋谷のセンター街でケータリングのチラシを撒いていた。地元の営業だけではキビシイので、ここは渋谷で勝負をかけようと、ミニスカートにピッチリしたセーターを着てせっせとチラシを手渡ししていたのだ。

その時……。

凄く可愛い女の子が、ガラの悪い男たちに両腕を摑まれて、無理やり連れ去られそうになっている光景を目撃した。

これはいかん。チラシを配っている場合じゃない！

「ちょっとあんたら何してんのよ！」

私はチラシを放り出して割って入った。

「邪魔すんじゃねーよ、このオッパイ女」

半グレ丸出しの頭悪そうなガキどもに囲まれて凄まれたけれど、一歩も引かない私。昼間の渋谷だから、ということもあったし。

「あのねえ。あそことあそこに監視カメラがあるんだよ？　なにバカみたいなことやってんの！　すぐに警察来るよ！」

「だから、うるせえんだよ。他人の揉め事にクビ突っ込むな！」

　そう喚いたバカ男は金髪で目が細く、削《そ》げたような頬をした、見るからに凶相で頭が空っぽそうな若いヤツだ。

　そこに、私に加勢してくれる女の子が現れた。金髪にピンクのマスク。チェックのミニスカートにハイソックスという、一見女子高生……にしては肝が据わった目をしている。

「またあんたらなの？　あんたら評判最悪じゃん。ひどい目に遭わされた子が何人も」

「うるせえんだよ！　お前らメスガキが商売の邪魔すんじゃねえ！　この子をご指名で、この子じゃなくちゃ駄目だって、上客のリクエストがあんだよ」

「その上客って、あそこにいるクッソキモいおっさんでしょ？」

　金髪女子高生風の彼女が顎で指した先には、なるほど、キモいとしかいいようのないオッサンが目をギラギラさせてこちらを見ている。

「あたしは知ってるんだよ。アイツ、筋金入りのド変態だって。何万円貰ったって、あんなのに買われたら男なんてもう絶対無理だしセックスもしたくないって思うようになる。男が嫌いになるし恋愛も結婚もできなくなる。人格が崩壊するほどワリに合わないんだよ」

私は、彼女がガンガン言い立てている間に一一〇番通報をした。

「なんなら、あのド変態がナニをするか教えてやろうか？」

彼女は指さししたまま大声で披露し始めた。

「顔じゅう舐め回すなんて序の口で、信じられる？　目の玉まで舐めるんだよ？　あとは……もっとヘンタイなことも」

ド変態上客は、知らん顔をして、ゆっくりとその場から離れていった。

「おい、やめろ！　みんな引いてるだろ！」

「引かれて当たり前の商売してて、ナニ言ってんのよ？　バカじゃねーの？　なんなら、もっと宣伝してあげようか？　もっとエグい表現で」

「止めろ……黙れ！」

と、半グレたちが彼女に摑み掛ろうとしたところに、制服警官が二人、やって来た。もう少し遅ければ、暴行の現行犯で捕まえられたのだが、その寸前だったから警察は口頭で注意する程度しか出来ない。

「君たちダメだよ。こんな公共の場で大声で下品なことを言ってちゃ」

警官は何故か、彼女に注意し始めた。

「違う違う！　コイツらが女の子を拉致しようとしたんですってば！」

私は警官に説明しようとしたが、その間に半グレたちは逃げ足速く走り去ってしまった。

「ちょっと！　ナニしてるんですか！　早く捕まえてよ」

私は警官に怒鳴ったが、警官は取りあってくれない。

「なんの罪で？　公共の場で卑猥《ひわい》なことを怒鳴ってたのは君たちだろ」

「だから、アイツらは、そこにいる、その子を拉致しようとしたんですよ！」

「我々が来た時にはそんな素振りはしていなかった。それに、彼らとその子の関係が判らないから、民事不介入でどうにもできないね」

「なにそれ？　こっちが殴られたり、あの子が拉致されてレイプされなきゃ警察は動かないっての？」

彼女も抗議したが、警官は「声を小さく」と言うばかりでラチがあかない。

「あの半グレは、『連れ出しありのＪＫビジネス』であくどく儲けてるんだよ！　あんたらはそれを放置してるんだよ！」

「まあまあ、今日のところは何もなかったってことで」

警官二人はニヤニヤしながら帰っていった。

「ナニあれ？」

私は呆れたが、彼女は憤慨した。

「さっきの変態キモ客はね、この辺では結構有名なのよ」

「変態で？」

「それもあるけど、この辺に住んでる政治家の息子だし。そいつは大臣もやった事ある大物だから警察と癒着してるよ」

それを聞いた私は怒った。

「なにそれ！　文春砲にチクってやる！」

「あそこは自分が訴えられないようにじっくりウラ取るから時間がかかるよ。それより」

彼女は私に頼みたいことがあると言った。

「あんたら、デリバリーやってるんでしょ？　ほら、このチラシ」

彼女は私が配っていたチラシを持っていた。

「居場所のない子たちに温かくて美味しいものを食べさせてあげたいんだ。お金はあまりないいんだけど」

家出してから二日近く何も食べていないという、今回の事件の発端になった美少女と連れだって、私たち三人は、渋谷の外れにある古い一軒家に行った。

宮下《みやした》公園の裏の裏。渋谷にこんなディープなところが残っていたのか！　と驚くような古びた路地の、そのまた奥にある古くて狭い一軒家。引き戸を開けただけで今にも倒れそうな凄い家だが……そこが家出した少女たちの居場所になっていた。

ドライヤーや、化粧道具の入った色とりどりのポーチ、女の子が好きそうな可愛い服などが雑然と置かれ、狭いながらも華やかな雰囲気。でも家の中はきれいに掃除されている。

そこにいるのは、みんな事情があって家に居場所がないという少女たちだった。

「親父に腹パンされるから」

「糞兄《くそ》が毎晩布団に入ってくるから」

「あたしのママはシングルマザーで、ママの付き合ってる男があたしを何度も襲おうとするから」

と、みんな屈託がない調子で話すけど、明るく見せて実は傷ついているということは、私にもなんとなく判った。

「だからね、みんな家出してて、居場所がなくて、街でトラブルになって、ここに辿り着いたようなものなんだよ」

と、まだ名乗っていない彼女が言った。

「余計なお節介かもしれないけど、ちょっと放っておけなくてさ」

彼女はそう言った。

「家出しても要領のいい子はうまくやって、食事やカラオケ、散歩だけでお金を貰って逃げてくる。でも、それができない子たちは大人の食いものにされちゃう。悪いことに、要領が悪くておとなしい子を食い物にするJKビジネスが、この辺りでブイブイ言わせてる。女の子をだまして、やつらとグルのカラオケボックスに連れ込んで、レイプかそれに近い事をして動画や写真を撮るんだ」

と彼女は言った。

「あとはお約束の、言うことを聞かないとネットに晒すぞって脅しで、無理矢理働かせているんだよ」

そういうことを警察に話しても、さっきみたいにあしらわれてオシマイなんだ、と彼女は唇を嚙《か》んだ。

「あたし自身も家出しているし高校も中退しているから、出来ることにも限りがあるけれど」

兄貴と、その仲間たちに、お前は女のくせに生意気だからって、「口では言えないほど」ひどいことをされて、自分も家を出るしかなかったのだ、と咲良は言った。

「だから居場所のないこの子らを見ていると他人事《ひとごと》だとは思えない。この子たちを助けたい。少しでもいいから笑っていてほしい」

だからこれこれの予算で食事会をしたい、そのケータリングをお願いしたい、と彼女は私に言い、NPOの名刺を差し出した。

「あ、ごめん。私、弓庭咲良っていうの。金額が折り合えば、支払いとかの約束は必ず守りますから」

「いいんじゃないの？」

事務所に帰ってみんなに事の次第を話した私に、パティシエの三上さんは、ふくよかな顔で微笑《ほほえ》み、すぐに賛成してくれた。

「ウチも、儲け儲けって言ってるワリには妙な事ばっかりに縁があるんだから、この際、最初から妙な事に首を突っ込んでもバチは当たらないでしょ」

「それもそうね」

艶やかなストレートヘアを掻《か》き上げながらシェフの香西さんも言った。予算も聞かずに賛成してくれたが、こうしろうだけはパソコンのエクセル画面を見て難しい顔だ。

「今はドーンと一稼ぎしたい局面なんですけどね。じゃないと、慈善事業も出来なくなりますよ。私は派遣に登録してどこかのレストランのフロア係、香西さんや三上さんも派遣のシェフやパティシエ。そして……」

こうしろうは私を見た。

「あの、私は……クビ？」

「順当に行けばそういうことになろうかと」

「でもね」

と私は、ハッタリをかました。

「あの咲良さんって、ただの家出娘じゃない気がするんです。若い女の子たちを支援するＮＰＯをやってるし。ほら、大金持ちって慈善事業をしたがるじゃないですか」

「確かに、二十世紀初めに社会主義に目覚めたのも、イギリス貴族の子弟だったわね」

香西さんがノッて来た。「マルクスもエンゲルスも（↑誰だそいつらは）ドイツのお金持ちのお坊ちゃまだった」そうだ。

「損して得取れということだってあるし」

「損してばっかりなのですが？　赤字ギリギリの超低空飛行で」

だったらこうしない？　と三上さんが、こうしろうに提案した。

「私とヒロミさんだけで準備するから。若いコたちが喜ぶものなら、私たちの方が知っていそう」

＊

その数日後。私と三上さんは、渋谷の奥の奥の古民家で、お食事会の仕込みをしていた。

ケータリングするより、古民家の台所で作ってしまった方が早いし手間も減るし、出来立てを出せるという三上さんの配慮だ。

「なるべく安く上げて、咲良さんの負担にならないようしないとね。みんながお腹いっぱいになれるように……。美味しいものは絶対に人を幸せにするし。美味しいものを食べて怒る人は地球上にいないんだから」

三上さんがメニューを考えた。

「ミートボールのマスタードクリームソース。これがメインで、付け合わせもたっぷり。おかわりできるように余分を作って、あとは具だくさんの野菜スープにご飯に、生クリームたっぷりのパンケーキ。どう?」

少量だと出来合いのものを買った方が安いけれど、ある程度の量を作るなら、一から仕込んだ方が安いのだ。

私と三上さんは、夜のお食事会を目標に、午後から仕込みを開始した。

狭い台所でも、プロなら最大限に活用するから、なんとかなるものだ。鍋類は使い馴《な》れたものを持ち込んだし。

メニューは最初に少しずつ作って、咲良さんに味見して貰った。クライアントの女の子たちに喜んで貰うのが目的だから、味の調整は必須だ。

ミートボールのマスタードソースを口に運んだ瞬間、咲良さんの顔が綻《ほころ》んだ。

「美味しい！　何これチョー美味しいじゃん。ストックホルムで食べたのより美味しいかも」

え、ストックホルム？　と聞き返そうとした三上さんを、私は肘で突いた。

「咲良さんホントにお嬢さまなのかもよ？」

そう囁く私に三上さんも頷き返す。

「パンケーキも最高！　ホイップクリームの軽さが、ホノルルのあそことタメ張ってる」

それはありがとう！　と三上さんもゴキゲンになって準備を進めていると、他の女の子たちも台所に入ってきた。

「つまみ食いはダメよ！　お楽しみが無くなっちゃうから！」

私は注意したが、女の子たちは「そうじゃなくて」と口を尖らせた。

「お手伝いします。うちらだってちょっとはお料理できるし」

「でも、この台所狭いから」

「じゃあ向こうに持っていって出来ることやりますよ。ジャガイモの皮を剝くとか」

「ああ、そうね、じゃあお願いね」

と、一緒に手を動かすうちに、自然と仲良くなってきた。

みんないい子だし、本当なら苦労する必要なんかない子たちなのだ。

「やっぱさ、作って貰ったものを食べるのも美味しいけど、ちょっとでも手伝うと、もっと美味しいよね」

キャッキャ言いながら料理していると、なんだか私まで凄く楽しくなってきた。

こんないい子たちをひどい目に遭わせる連中がいるなんて！　しかもストリートだけじゃなく、家庭にまで……。

そう思った一瞬の怒りが怒りを呼んでしまったのだろうか。乱暴に玄関が開く音がした。

次いで「うりゃあああ！」と野獣のような声がして、見覚えのある半グレたちが乱入してきた。

「おらおらお前ら、誰に断ってこの家に住んでるんだ！　今すぐ出てけ！」

先頭に立って喚いているのは、金髪で削げたような頰をした凶相の、センター街にいたバカ男だ。

男たちは、女の子たちの私物を踏みつけ、蹴飛ばし、壁に掛けてある服までビリビリと引き裂いた。

「てめえら何すんだよ！」

クリームを作っていた咲良が、泡立て器を放り出して前に出た。

「どうしてここが判った？　アンタらには関係ないだろ？」

「それがよ、関係あるんだよ」

この前、咲良を殴ろうとした半グレがニヤニヤしながら言った。

「え？　まさか……」

咲良が呟くと、外から別の男が入ってきた。

見るからに根性が悪そうなブスッとした顔に、漫才師のようなド派手なスーツを着た、小太りの若ハゲだ。

「そのまさかなんだよな。この家はおれが好きにしていいってババアが言ったんだよ！」

男の顔を見た咲良の顔が強ばった。

「アニキ……正太郎」

「え？　アニキって……」

私が訊くと、咲良は言い直した。

「コイツは、兄なの。正真正銘の、兄」

「ヤクザ的なアニキじゃなくて……？」

兄妹《きょうだい》というにはあまり似ていない。

「そうだよ。コイツは正真正銘、おれの妹なんだよ。出来の悪いアバズレだ。ババアはお前を可愛がってたけどな、お前が家出をしてから、ずいぶんボケが進んじまってよう、お前のことなんかとっくに忘れちまったぜ」

「だけどこの家を自由に使っていいって、おばあちゃまはあたしに……」

「だから今は違うんだよ！」

兄の正太郎は嫌らしい笑みを浮かべた。

「渋谷の家を遊ばせとくのはもったいないから、隠れ家的なビストロにしようと言ったらババアも賛成したんだ。ここはマンションにするより店にした方がいいって。宮下公園も再開発が終わったし、この辺こそ『ウラシブ』になる。そのへん、ババアも判ってるからな」

「だけど、あたし、昨日だっておばあちゃまと電話で話したんだよ！　普通に喋ってたし、アンタの話なんか全然出なかったし……」

「だから、ババアはマダラボケなんだよ！　お前と話してる時は、お前が喜ぶようなことしか言わねえんだよ！」

「じゃあ、アンタと話してる時だって、アンタが喜ぶ話しかしないんじゃねえの？」

咲良の反撃に、兄の正太郎は詰まった。

「うるせえよ。おれは、この家の再利用については不動産屋を同席させて計画を喋ったんだ！　おれがウソをついていないって事は、その不動産屋が証言できるぜ」

「どうせその不動産屋もグルなんだろ？　てめえと一緒になってウソついてんだろ？」

「だからうるせーってんだろ！」

正太郎は顔をピクピクさせた。言い返せないフラストレーションが溜まっているのだ。

「このクソアニキはね、そいつら半グレのボスなんだよ。悪どいＪＫビジネスで儲けてるんだ！」

「ちげーよ！」

正太郎はますます苛立《いらだ》って怒鳴った。

「お前が余計な邪魔をするから、商品がみんな逃げちまうじゃねえかよ。どこに逃げたのかと思ったら……ここにいたけどな！」

クソ兄貴は、まるで時代劇の女衒《ぜげん》が廓《くるわ》から逃げた女を捕まえるように、ここに匿《かくま》われている少女たちを取り押さえろと手下に命じた。

「どうせこの家も内装全部取っ払ってスケルトンからフルリフォームするんだ。お前ら、メチャクチャにしていいぞ！」

命令一下、半グレたちは土足で奥に押し入り、キッチンに突入すると、みんなで仕込みをしていたミートボールやソース、クリームを床にぶちまけて踏みつけた。寸胴の中で出来上がっていた野菜スープもひっくり返されて、床に飛び散った。

「止めてよ！　これから食べるのに！」

「食えるもんなら食ってみろよ！」

半グレたちは笑いながら、これでもかと食材を踏みつけた。

「腹減ってるんなら、おれたちと仕事しろよ。スケベ男と一緒にステーキ食ってホテル行って楽しんで来りゃいいだろ。楽して儲けろよ」

が、女の子たちは返事の代わりに寸胴に残っていた熱いスープを男たちにぶちまけた。

「あ、あちち！」

「こっちに来るな！」

手近にあった金属の串や包丁やナイフを、手当たり次第に投げつける少女たち。

になる。

「あ、あぶねえだろ！」

刃物がなくなると、台所にあった古い食器も投げつけた。瀬戸物は割れると凶器
「出てけ！　出てけ！　近寄るな！」

「くそ……逃げろ！　今日のところは撤退だ！」

正太郎を先頭に、半グレたちは引き上げていった。

しかし、咲良の劣勢は明らかだった。向こうは暴力で迫ってくる。半グレたちは頭が悪い分、凶暴だ。

三上さんは悲しそうに、床に散乱した食材を集めていた。

「ミートボール、駄目になっちゃったねえ……でも、パンケーキはまだ作れるから。ホイップクリームはダメだけど、バターと、メープルシロップで……」

私も何か言わずにいられなかった。

「ここ、掃除したらお腹空くよね。仕方がないから、近くのラーメン屋でラーメンとかチャーハンとか餃子《ギョーザ》でパーっと行こう！　で、戻ってきたら、掃除して、パンケーキを食べようよ！　ラーメン代は私が出す！」

勢いでそう言ってしまった。手持ちのお金は二千円しかないが、三上さんに少し借りればなんとかなるだろう。

「さ、行きましょう！」

私たちはぞろぞろとラーメン屋に向かった。

しかし……途中で、咲良の足が止まった。

「あたし……おばあちゃまに会う。会って、きっちり話をつける。二度と家の敷居をまたぐなってあのクソアニキには言われてるけど、そんなの関係ない。みんなの居場所を守るためには、そんなこと言ってらんないから」

「そうだね」

応援するよ、と言うしかない。

「だけど、大丈夫？　ひとりで？」

「あんまり大丈夫じゃないかも……だから、ついてきてくれるとうれしい」

「それはいいけど……私はあなたのクソアニキにメンが割れてるし、見た瞬間に追い払われるかも」

「ウチは広いから、それはなんとかなる。どっかに隠れて、見ててくれるだけでも心強い」

どうしよう？　と私は三上さんの顔を見た。

「そうね。だったらこうしたら？　その時は遺産相続協議のお話し合いをするのよね？」

「そういうことに……なるかな」

咲良は頷いた。

「そこでお食事タイムを設けたらどうかしら？　場も和やかになるだろうし、私たちも近くにいられる。今回メチャクチャにされた食事の分のお金を咲良さんから貰うわけにはいかないけれど、その時のケータリングに上乗せできる」

「それだ！」

私と咲良は同時に叫んだ。

＊

突然帰ってきた孫娘が、兄と母親を罵倒して黙らせてしまったのを見た梅子さんも、どうしたものかという様子で黙ってしまった。

「おばあちゃま。だから渋谷の家の件……」

お願いする咲良に被せるように、バカ兄の正太郎が大きな声で怒鳴った。

「あの家はおれに任せたと言ってくれましたよね？　おばあさま！」

般若の形相の嫁も加勢する。

「そうですよお義母さま！　あの家はこの子に任せるって言ってくれたじゃないで

すか!」

「ズルいでしょ。あたしが先におばあちゃまにお願いしたんだから! だいたいアンタ」

咲良は実の母親を糾弾した。

「バカ兄貴がおばあちゃまと話をしたって時、あんた同席してたの? バカ息子氏から都合のいい話を又聞きしただけじゃないの? ソイツは平気でウソつくんだよ」

「おい、そこまで言うなら、お前、お前はおばあさまから証文か一筆、取ってるのか?」

「そういうあんたは取ってるの? お互い口約束じゃん! だったらあたしが先だよ」

一触即発の危機。

場の緊張がジリジリと高まって、極限に達しようかとなった、その時。

「まあまあ、みなさま!」

こうしろうが声を上げた。

「ご用意したお食事を是非、お召し上がりくださいませ。瀬戸内で獲れた舌平目のムニエルが本日のメインでございます。日本酒とワインも用意してございますので、お好きな方をご用命くださいませ」

こうしろうが、丁重この上ない態度で進み出て、「まずはお清めのお酒を」と清酒を注いで回った。

「それでは、ご一同様のご繁栄をお祈りして」

乾杯、と盃を掲げたこうしろうに、四人はなんとなく釣られてしまい箸を遣い始めた。

「この舌平目、よく身が締まって美味しいねえ……」

梅子さんが顔を綻ばせた。

「こっちのお造りも美味しいじゃないか」

「有り難うございます」

と、シェフの香西さんが頭を下げた。

「このお吸い物は赤出汁かい？　ポタージュかい？」

「赤カブのポタージュに、赤味噌《みそ》でコクを付けてみました。よくお判りですね！弓庭さまは大変なグルメでらっしゃる」

「若い頃は苦労もしたけど、そのあと贅沢《ぜいたく》もさせて貰ってね」

完全に和んでしまった梅子さん以外の面々も毒気を抜かれ、押し黙って食事をした。

「どう？　咲良、食べてるかい？」

梅子さんは孫娘に声をかけた。

「はい。おばあちゃま。……あのね、こんなに美味しいものを作ってくれてるケータリングさんの料理を」

そこで咲良は糞兄貴を指さした。

「あいつの手下は足で踏ん付けて、台無しにしたんだよ！　渋谷の家で」

「それは本当かい？　正太郎。食べ物を粗末にするのは感心しないね」

キョドる正太郎。

「あの、お義母さま。お言葉ですが、正太郎だって理由もナシにそんなことをしたんじゃないんです。アレが」

今度は正子が咲良を指差しする。

「アレが勝手なことばかりしてるからですよ！」

「まあまあ奥様。シャンパンでも如何《いかが》ですか？　私のお薦めはヴーヴ・クリコですが」

「お待ち。シャンパンは、相続の話がまとまった時に出しておくれ」

梅子さんが言った。

「渋谷の家の件もそうだ。私も、そう長くは生きられない。この際、遺産全般について、きちんとしておこうと思ってね」

その言葉に糞兄貴と般若母の強欲親子が箸を置き、大きく頷いた。

「おっしゃるとおりです」

「だけど、今すぐってわけにはいかない。私の財産を改めて棚卸しして……咲良、そして正太郎。どちらに何をどれだけ遺すか、それを考えなくちゃならない」

老女は一同を見渡した。

「その決め事は後日、改めて。それでいいね」

よし話は決まった、とバカ息子は席を立ち、ドスドスと玄関に向かった。

「まあまあ、なんでしょう、あの子ったら」

般若は愛想笑いをして、慌てて正太郎の後を追った。

大広間には、梅子さんと咲良、そしてこうしろうと香西さんと私が取り残された。

「あの……」

咲良はこうしろうに向き合った。

「次のお話し合いのお食事も、お願いしたいんだけど……おばあちゃま、いいよね？」

「勿論《もちろん》だよ。こちら、とても美味しいからね」

咲良は祖母になおもいろいろと訴えたい様子だったが、廊下に般若母が戻ってきて睨み付けているので、「あたしもこれで帰る」と立ち上がった。

「でもね、おばあちゃま。渋谷の家は、困っているみんなのために絶対必要なの。それだけは判って！」

「はい、そこまで！　ストップ！」

廊下から母親がジャッジした。

「それ以上なにか言うなら、こっちも正太郎を呼び戻しますからね！」

「判った。判ったよ」

咲良はそう言って立ち上がると、台所に消えた。

私たちも、後片付けと撤収の為に、台所に下がった。

正子は廊下からなおも監視している。私たちがこの屋敷から去るまで監視するつもりだろうか。

「なんか、ごめんね。お金は払うから」

片付けを手伝いながら、咲良は私たちに言った。

「今日と、この前の代金は、ここに請求して。おばあちゃまの財産を管理してる会社だから」

咲良はその会社の連絡先を書いたメモを、こうしろうに渡した。

「わかりました。しかし……どうするつもりですか？　向こうはこれからも、いろいろな手を使って攻めてきますよ。弁護士を使って理詰めで来るかもしれない」

すっかり咲良の味方になったこうしろうが声を潜めて彼女に聞いた。

「だから、おばあちゃまに、あたしがお金儲けのためにあの家を使うつもりじゃないって事を……」

「それだけじゃ弱いと思うな」

三上さんが口を挟んだ。

「咲良さん。あなたには、なんとしても、あの連中に勝ってほしいの」

三上さんは、自分が作っていた料理をあいつらに台無しにされた恨みを忘れていない。

「向こうが弁護士を使って来るのなら、こっちはひたすら情に訴えるのはどうです？　だってこれは裁判でも調停でもなくて、お祖母《ばあ》さまの心を動かす事が必要なんだから……」

「私たちに出来ることは……お料理ね」

香西さんが言った。

「誰にでも、思い出の一品、思い出の味、心が揺さぶられる料理があるはずなのよ」

「ソウルフード、というヤツですね」

こうしろうが腕を組んで考えた。

「そういうことは、考えても仕方がない。リサーチあるのみでしょう」

「おばあちゃまの人生をリサーチするわけね」

咲良は頷いた。

「本人に訊けば早いけど、こういうことは、こっちが手を尽くして調べてこそ、効果があると思うのよ。だから、やってみましょう」

香西さんがそう言って話を打ち切り、私たちは撤収作業に取りかかった。

私たち全員、そして咲良さんの計五人が、ケータリングのライトバンに乗り込んだ。

「ここならあの強欲女……失礼、あなたの母上に盗み聞きされることはないでしょ。どこから調べます？」

咲良は必死に考えて思い出そうとしている。

「あたしが小さい頃聞いた話だと……おばあちゃまは昔、東京の東のほうの、川に囲まれた町で働いてたって言ってた」

ふうん、と全員が東京の地図を頭に浮かべて考えた。

「東京の東のほうの、川に囲まれた……」

「そこに当時のことを知っている人たちがいたら、会って直接話を聞きたいわね」

研究熱心な香西さんが身を乗り出した。

「それが絶対に必要よ！　梅子さんの人生を知る事が、梅子さんの心を動かす味を知ることに繋がるのよ！」

だがそこで、咲良が力なく言った。

「ごめん。今言ったことしか思い出せない。おばあちゃま、昔のことはあまり話してくれなくて」

私はスマホのマップで東京の東の方を表示させて、「川に囲まれた町」を探してみた。

「隅田川、荒川、中川、江戸川……川に囲まれてる場所って結構あるなあ……」

「これだけじゃ情報が全然足りない。悪いけど、梅子さんについて、戸籍とか調べたいんだけど、いいかな？」

香西さんが咲良に訊く。

「知りたくないことも出て来るかもしれないけど……たしか、梅子さんは、一代で財産を築いたのよね？」

「そう聞いてる」

「どんな商売にも元手が必要だと思うけど、それはどうやって作ったのかしら？」

そう訊かれた咲良は首を傾げた。

「さあ……それも聞いたことがなくて」

「あのね、お祖母さんの時代は……今だってそうだけど、女が腕一本でお金を儲けるのは凄く大変だったのよ。後ろ盾がいるとか、名家の出だとか、そういう何かがないと……」

私たちは手分けして、梅子さんの生涯について調べてみることにした。

答えは、案外早く出た。

梅子さんは東北の出身で、貧困という苛酷な運命に逆らえぬまま、昭和三十三年まで全国各地にあった「黙認売春地帯」（特飲街とか赤線と呼ばれた）の一つ、千《せん》住《じゅ》にある「柳新地」に流れてきて、そこで働いていたのだった。

隅田川と荒川に囲まれた、江戸時代からの宿場町、千住。空襲で焼け残ったところも多くて、吉原などよりも庶民的な場所として知られていたらしい。

とにかく、行ってみようということになって、私たちLa meilleure nourritureの四人は、北千住駅に降り立った。

西口から歩いて十五分。日光街道を渡ると、そこが、昔の千住で赤線があった場所だった。

かつての遊郭の面影は今はなく、ごく普通の住宅街にしか見えない。近くには商店街や病院もあって、住みやすそうなところだ。

「それらしい建物って全然ないね」

「そりゃそうですよ。赤線が廃止になって、もう六十年以上経《た》ってるんだから」

自分だって知らない、生まれる前の話だ、と一番年長のこうしろうが言った。

新築の家が多いしマンションも建っている。

それでも、探せば、かなり古いアパートなどにそれらしいデザインが残っていた。昔の、いわゆる女給さんが働く「カフェ」というか、お洒落なモザイクタイルが貼られていたり、玄関に曲線の「ひさし」があったり、丸窓があったりするデザインで、今の建物には絶対ないセンスだ。

「あ、あそことか！」

私たちは、完全に観光客みたいなノリになってキョロキョロ見て歩き、写真を撮った。

「街歩きかね、あんたたち？」

路地の道端に並んだ植木に水をやっていた老婆が声をかけてきた。どこか小粋な、昔は美人だった感じの、人当たりのいいお婆さんだ。梅子さんに雰囲気が似ている。

「ええ。この辺りの建築に興味がありまして」

もっともらしいことをこうしろうが答えた。

「すみません。勝手に見物して」

普通の住宅街を観光客みたいに見学するのは、住んでいる人からすれば不愉快だろう。自分たちの家や生活は見世物じゃないと思うだろうし。

「いいんだよ。この辺のことは知ってるの？」

逆に老婆の方から話を振ってきた。

「この辺はねえ、昔は遊郭だったのよ。遊郭って知ってる？」

私たちは、曖昧な表情を浮かべた。どう答えていいものか判らない。心無い返事をしたら、他人の心に土足で踏み込むことになってしまいそうだ。

でも、いわば取材に来たのだから、知りたいことは聞き出したい。

「あの、この辺りの、昔の話が聞きたくて」

「昔ねぇ……遊郭のあったころの話かい？」

こうしろう以外は全員が女性だったので、老婆も話しやすかったのかもしれない。

「この辺は昔はねえ、本当に賑《にぎ》やかでねえ。吉原にも負けないような大門があったんだよ。ここだけじゃない。昔は新宿にも遊郭があったんだからね、盛り場には、どこでもあったわけさ」

老婆は水を撒く手を休めて話し出した。

「ここには吉原や洲崎《すさき》から女もお客も流れてきてね。そりゃ人情では玉の井とかのほうがあったのかもしれないけど、千住は昔からの宿場町だから、人がたくさん通過するところでね」

私たちが立ったまま話を聞いているのに気づいた老婆は、自分も立ちっぱなしで疲れてきたようで、「よかったらおあがんなさい」と、部屋に招き入れてくれた。

そこは、四畳半くらいの畳の部屋で、狭くて古いが綺麗に整頓された空間だった。

「昔は、こういう部屋で商売してたんだ。売春防止法が出来て廃業して、旅館になったりアパートになったりして。あたしも旅館の住み込みをしたり、まあいろいろやったよ。生きてくのは大変さ」

老婆はお茶の支度をしながら、気っぷのいい喋り方で昔のことを話してくれた。

「ここで働くに当たってはまあ、人それぞれいろんな事情があったからね、お互い深くは訊かなかったものさ」

そう言いながら、私たちにお茶を出してくれた。玉露の、上等なお茶だ。

「美味しい！　いいお茶ですね」

香西さんが褒めると、「たまのお客さんにはね」と老婆は少し照れた。

どうやらこのおばあさんも、昔は遊郭で……娼婦《しょうふ》をしていたようだ。

私はどう訊ねていいか迷ったが、ハッキリ訊かなきゃ答えてくれないだろう。

意を決して、訊いてみた。

「昔、こちらで働いていたと思うんですけど、弓庭さんという方のことを知りたくて。弓庭梅子さんっていう……」

「弓庭梅子さんって……まさか、あのウメちゃん？」

老婆の表情が変わった。ぱあっと明るくなったのだ。嬉しさの中に懐かしさが込み上げてくる感じだ。

「ウメちゃんか……ウメちゃんがどうかしたの？　表の仕事で成功したと聞いてるよ？」

「ええ。たいそう成功なさって、お孫さんにも恵まれて」

「ああ、そうなの。それはよかったねえ。あたしは結局独り身になっちまったけど」

縁があって工場に勤める職人と所帯を持ったけど子供に恵まれなくて、先立たれて、と自分のことを手短に話した。

「で、ウメちゃんは元気かい？　あの子は忙しいっていうから、こっちから連絡するのは迷惑だろうと思って遠慮してるんだけど、今でも時々、季節の美味しいものを送ってくれるんだよ。なんせあたしたちは仲よしだったからね」

そうそう、と老婆は引き出しから古い写真帳を取り出して、これ、と指差した。

そこには古い変色した写真が貼ってあり、サザエさんみたいな髪型をした若い娘がふたり、写っていた。どちらもなかなかの美人で、昔の映画女優と言っても通る感じがした。

「こっちがウメちゃん」

老婆はより美人な方を指した。

「ウメちゃんはね、ここでナントカいう有名な小説を書く先生と知り合ったりしてね。なにしろこの器量だから、ここでは一番の売れっ子だったもんね。まあ、人間、慣れるもんでね、苦界《くがい》とは言っても、それが私らの仕事だったからね」

どんな仕事にだって辛いことはある、と老婆は言った。

「そう思い決めてさ、毎日それなりに明るく楽しくやってた訳よ」

よその見世では食事が粗末で、朝夕は麦飯に味噌汁、香の物くらい、あとは客に台の物（出前）を取らせるしかなかったけれど、と老婆は続けた。

「幸いあたしらは楼主が食道楽で、気前のいい人だった。だから、休みの日なんか、みんなで美味しいもの作らせてもらえてね」

「あ、それ、どんなものを作って食べたんですか？」

香西さんが食いついた。

「そうねえ。何しろあたしらは身体を使う仕事だったから……よその見世は知らないけど、ここではね、お江戸の吉原からのしきたりそのままに、年がら年中女たちは素足だった。もう、身体が冷えちゃってね。夏はまだいいけど、冬が辛かったねえ」

はい、それで？　と香西さんはノートを広げて真剣に聞いている。

「だから……生姜《ショウガ》を使ったお汁なんかを作ってね。それがまた美味しいのよ。身体もポカポカしてくるし。今も生姜は身体にいいってテレビで言ってるけど、あたしらそんなの昔から知ってるよって」

老婆は、簡単に作れるという「生姜汁」とか「生姜のピリ辛肉うどん」「生姜の焼きめし」「イワシの梅煮」「生姜入りの肉そぼろ」などを思い出し思い出し、語ってくれた。

「そんなこと言ってるとお腹減ってきたね！　今言った中で一番簡単に作れる、生姜汁と焼きめし、どう？　食べていかないかい？」

普段は一人暮らしで人恋しいのか、久々にお喋りが出来て離れ難くなったのか、老婆はご馳走すると言いだした。

「安くて簡単なんだから、遠慮しないで。あたしもなんだか楽しくてさ」

「人数が多いので、材料を買ってきますから」

と、老婆から材料を聞き出して、私と三上さんが買い物に走った。すぐ近くにスーパーがあって材料は全部揃い、ついでに私たちが思いついた食材も買って、戻った。

老婆お手製の生姜汁は、生姜と白菜の入ったお澄ましだった。焼きめしはご飯を炊くと時間がかかるので、スーパーでご飯を買ってきて、作って貰った。それにプラスして、香西さんは生姜の肉うどんを、三上さんは「生姜の肉そぼろ」を、驚くべき手際の良さで作ってしまった。

小さな丸い食卓には、お汁にうどんに焼きめしに、肉そぼろが所狭しと並んだ。

「なんだろうねえ、お盆と正月がいっぺんにきたみたいだねえ」

食器も足りないだろうと、紙皿や紙製のお椀も買ってきたので、なんとか間に合った。

「美味しい！　生姜汁、ホントに温まりますね！」

心からそう思った。身体の芯からポカポカしてくる。

鶏ガラで出汁をとった金色のスープの表面にはごま油が浮かび、中に泳いでいる白菜の白と薄緑、椎茸の白と焦げ茶の彩りが美しい。薄黄色の、棒状に切った生姜が、この温かさの源なのだ。

「温まったかい？　それはよかった」

老婆もニコニコしている。

「焼きめしも、簡単なのに凄く美味しい！」

「醤油はね、焦がすと香ばしくなるからね、卵とネギだけで充分美味しくなるんだよ」

御飯を投入する前に、念入りに炒めて匂いを油に移したネギの味わい。御飯をフライパンに押し付けるようにして焦げ目をつけたひと手間。最後に鍋肌から流し入れた醤油の香りが立って、絶品と言うしかない。

香西さんの肉うどんも、甘めに味をつけた牛コマとたっぷり入れたおろし生姜、そして揚げ玉のハーモニーが食感も含めて素晴らしい。

「これは四国の、箸蔵寺《はしくらじ》というお寺の近くにある、讃岐《さぬき》うどんの名店の、絶品肉うどんを参考につくってみました」

と香西さん。

「本当に心に染みるっていうか、言葉に出来ないような優しい甘さがあって、涙が出るほどしみじみ美味しかったのよ。昔から和三盆をつくっていた土地柄だけあって……さすがにお砂糖の使い方には一日の長があると思ったの。讃岐うどんを食べるのなら、ぶっかけや生醤油もいいけど、絶対に肉うどんだと思ったのよね」

香西さんは夢見るような表情になった。

「ああ、あのお店！　アルマイトの巨大なヤカンに入ったセルフサービスのお茶とか、プラスチックの丼に入った、取り放題のおろし生姜とか揚げ玉とか刻みネギとか……何もかもが懐かしい！　是非もう一度行きたいわ！」

そんな夢見る香西さんの肉うどんも絶品だったけど、三上さんの肉そぼろも生姜味に深みがあって御飯が何杯でも食べられそうだ。

「美味しいねえ……みんなとこうやって、楽しくお喋りしながら食べてると……昔を思い出すねえ」

老婆はニコニコ笑っていたのに、突然、涙を流した。

「昔だってさ、楽しいことより辛いことの方が多かったけどさ、みんなでこうして、御飯を食べてるとね……」

たぶん……連れ合いに先立たれてから、ずっと一人で、話し相手もいなくて、おばあさんは淋しかったのだ。だから、こうして、見ず知らずの、初めて会う私たちに親切にしてくれて、いろいろと話してくれているのだ。

「これみんな、ウメちゃんも大好きだったんだよ」

老婆はそう言うと、今どきどこで売ってるんだろうと不思議に思うような、ちり紙の束を摑んで鼻をかんだ。

「そんなわけであたしらは、こういう稼業にしちゃ、そこそこマシな暮らしを送れていた。そんな中、ウメちゃんに惚れた男が居てね、ウメちゃんは身請けされることになったんだよ……」

老婆は、梅子さんの人生の、核心に触れる話をし始めた……。

千葉県は勝浦《かつうら》の水産加工品問屋の跡取り息子に見初められたウメちゃんは、身請けされることになったんだよ。勝浦じゃあけっこう大きな問屋の倅《せがれ》でね、玉の輿《こし》に乗ったね！　ってお祝いしたんだけど、そうとんとん拍子に行くとはあたしらもウメちゃんも思ってはいなかった。倅本人は彼女のことはすべて承知でも……なんせ馴染みのお客なんだから、承知も何もないんだけどさ、当然ながら親は大反対さ。

それで、倅に言われるがままに身元を偽って、千住の職人の娘でございってことで、先方の親との顔合わせの場に、気が進まないながらもウメちゃんは出ていった。

でね、千葉は伊勢エビの水揚げが日本一なんだよ。だから伊勢エビって言うより千葉エビって言うべきだろうって思うけど、まあとにかく、倅は、「千葉広しと雖《いえど》もウチが扱う伊勢エビは大きさも味も日本一だ」って胸を張るぐらいでね。

だけど……ウメちゃんは困った。っていうのは、ウメちゃんは、今で言う甲殻類アレルギーの持ち主だったんだよ。伊勢エビのような贅沢なものは食べたことなかったけど、もっと小さな車エビでも息が苦しくなって、目の前がすうっと暗くなるんだって。だから伊勢エビもやはり駄目。でも、好いた男の実家の商売ものの、それも目玉である伊勢エビをこんなにも自慢にしているこの人に、とてもそんなことは言えない。折りを見て、それとなく伝えようと思っていたけど、それが災いしたんだねえ。

ウメちゃんが千住の遊郭の女だってことは、とっくに先方の親にはバレてた。しかもエビを食べると、具合が悪くなることまでね。

お前のことは何もかも調べ上げてる。持病のことも当然知ってる。この伊勢エビを食べろ。食べなければお前の仕事のことも何もかも、本当のことをこの場で、みんなの前で全部ぶちまけてやるって、倅の母親に迫られて……ウメちゃんは死ぬ思いで、伊勢エビのしんじょうを口にした。

人並みの結婚なんか望んだことが間違いだった。だけどせめて、自分を愛してくれたこの人には恥をかかせたくない、自分はどうなってもいい、その一心だった。ウメちゃんは。

「でね」

老婆は、目に涙をいっぱい溜めて、話を続けた。

「ウメちゃん、可哀想に、気がついたら病院で、命は取り留めたけど、アレルギーがひどくて死にかけたんだって。その上、もっと悪い事に、看護婦さんがそっと封書を渡してきたんだって。その中には、かなりの額のお金と、『二度と私たちに近づくな。近づいたら今度は命が無いと思え』っていう手紙が入っていたんだって。ひどい話だよねえ。やり方が陰険じゃないか。ただ別れてくれ、と言われれば、ウメちゃんは大人しく身を引いたと思うんだよ。なのにねえ」

老婆はしみじみと、言った。

「それからウメちゃんは、伊勢エビは見るのも嫌になったんだって。前は見るだけなら平気だったものが、もう、見ただけで鳥肌が立ってジンマシンが出て、気が遠くなりそうになるんだと言ってた」

私を含めた全員が、重い気持ちになった。あのやり手で裕福な梅子さんに、そんな辛い過去があったなんて……。

「まあでも、そこがウメちゃんさ。あたしらとは違う。破談にはなったけど、小説の先生の筋で別の先生に紹介されて、結局、赤坂の料亭に移って政治家のナントカいう先生の二号さんになって、なんか、土地取引のイロハを教わって商売を始めたら大当たりして……ウメちゃんね、ウメちゃんにぞっこんになった政治家先生に『何でも買ってやろう。何がいい？』って訊かれた時に、着物でも宝石でもなくて『一棟物のアパート』っておねだりしたそうだよ。あげく東京オリンピックの道路拡張とかなんとかで、大儲けしたみたいで。頭良かったんだね！　あたしと違ってね」

え？　じゃあ、あの般若女の死んだ亭主ってのは、ウメちゃん、こと梅子さんとその政治家の間に生まれた……？

同じ事を考えていたのだろう。私と香西さん、三上さんの目が合った。そして、三人で苦笑いした。

ただ一人、事情が判っていないのは、こうしろうだけだった。

＊

相変わらずLa meilleure nourritureはヒマで、梅子さんの遺産相続会議のケータリングが目下のところ最大の仕事になっていた。

だが、その日取りがなかなか決まらない。事務所にいても、不景気な顔のこうしろうを見て気分が煮詰まるだけだ。ということで、空きっ腹を抱えた私がお昼時の街をブラブラしていると……スマホに電話が入った。出てみると、相手はバカ息子の正太郎だった。

なぜ私の携帯番号を知っている？

『そこはそれ、蛇の道はヘビってやつでね』

俺は個人情報を扱う仕事だとバカ息子は匂わせた。特殊詐欺でもやっているのか。

『ところで、先日はいろいろどうも』

三上さんが作った料理を足蹴にしたことを、このひと言でチャラにする調子の良さで、彼は話し始めた。

『俺たち、どうも出会いがよくなかったと思うんだ。で、どう？　メシでも食って仲良くならない？　いや、咲良のヤツからはいろいろ悪い事吹き込まれてるだろうけど、俺、そんなに悪い奴《やつ》じゃねーし。汚名挽回させてほしいんだ』

汚名は返上するものだろバカ、と内心罵った私だが、そこでお腹が鳴った。一体どんな食事で私を釣ろうというのか。

『そりゃもちろんご希望を叶えるよ！　フレンチでもイタリアンでも』

コイツの作戦はミエミエだ。私をメシやプレゼントで釣って、こっちの手の内を聞き出す魂胆に違いない。

それなら、こっちにも考えがある。

「じゃあ、美味しいシュラスコが食べたい」

『シュラスコ？　あんなのでいいの？』

バカ息子氏は意外そうな声を出した。どうせ安い肉を食わせてごまかす気なのだろう。

「言っとくけど、不味《まず》い肉を出す店だったら即帰るからね！」

『判った。何とかする。で、いつがいい？』

本当なら、こうしろうたちに相談してどうするか決めるべきだったけど、その時私はお腹が空いていた。

「今すぐならいいよ」

かくして、急なランチデートがセットされた。場所は渋谷の、東急本店通りの裏側。

雑居ビルの中にある、大して流行っていなさそうなシュラスコの店。結構広いフロアなのに、私たち以外のお客がポツポツとしかいないんだから、味も推して知るべしか。

「A5ランクの霜降りのシュラスコは美味しいよ！」

ミエミエの営業スマイルで、バカ息子は肉を勧めてくる。けどシュラスコって絶妙の火加減で焼いた、赤身の肉が美味しいんじゃないの？　こんな霜降りだと脂が強すぎて……。

しかし、美味しい肉はどんなふうにしても美味しい。極上のローストビーフみたいな感じで、塩胡椒《こしょう》のシンプルな味付けだからこそ肉の美味しさもハッキリ判る。

しかし他の席の客からは「硬くて嚙みきれない」「肉がパサパサ」「チキンが一番

美味いってどういうことだよ？」という文句が聞こえてくる。私にだけ特別な肉が提供されているのだろう。

「こういう豪快な肉料理にはシャンパンより、テキーラとかの方がいいんじゃない？」

あ、それと、とバカ息子はエルメスの紙袋と花束を、わざと無造作に渡してきた。

「君へのちょっとしたプレゼント。いやいや、気にしないで気にしないで」

紙袋の中には、エルメスの豪華詰め合わせが入っていた。バーキンって今は売れ残ってるんだっけ？

しかしこういう時に花束を渡されても、持って帰るのが面倒だしメーワクなんですけど。

とは言いつつ、勧められるままに飲んだテキーラで、私は酔っ払ってきた。

「でさあ、ほんの少しでいいから教えてくれないかな？　妹が何を考えてるか。あの婆さん、最近物忘れが凄くて、自分で言ったことをすぐ忘れちゃうから……渋谷の家の件だってそうなんだよ。婆さんは誰にでもいい顔したいから、妹にああいう事言ったんだ」

正太郎は、くどくどと言い訳をした。

「これは俺と妹の、いわば勝負なんだから、正々堂々とやりたい。けどアイツは婆さんに取り入って、可愛い孫娘を演じてるんだ。それって不公平だろ！」

「じゃあ、一つだけ、いいこと教えてあげようか？　知りたい？」

「知りたい知りたい！」

　正太郎は即座に食いついてきた。

「咲良さんは、食事の席にお婆さんの思い出の料理を並べようとしてるの。それでお婆さんのご機嫌を取ろうって魂胆ね」

　それは事実だ。

「なんだよ思い出の料理って？」

「海老よ！　伊勢エビとか！」

　そうなのか？　と正太郎は腑《ふ》に落ちない顔になった。

「そうよ！　伊勢エビとかの甲殻類。それでキマリ！」

　私はそう言って、もっともらしく頷いた。

「私たちは、梅子お婆さんが昔働いていた思い出の場所を突き止めて、そこで話を聞いてきたんだから間違いない。お婆さんが忘れられない食べ物は、伊勢エビのしんじょうとか、お造りとか塩焼きとかフライとか、エビの頭を使ったお吸い物とか……梅子お婆さんはモダンなモノも好きみたいだから、伊勢エビのグラタンとか、コキールなんかもいいかもね」

「そうか……海老づくしってのはアリだな」

判った！　と叫んだ正太郎は立ち上がり、私の横に置いた紙袋を鷲摑みにして取り戻すと、そのまま逃げるように店を出て行った。

これでお勘定も済ませていなかったら警察に訴えてやるところだったけど、さすがにそれはなかった。でもよく見ると、花束はもう萎《しお》れはじめていた。何かの使い回しだったのは明らかだ。


「……ってことがあったの！」

会社に帰って、私はみんなに報告した。

「それでか……さっき、梅子さんの財産管理会社から電話があって、お食事会の仮オーダーがキャンセルになって、みんながっかりしていたとこ」

「それ、キャンセルじゃないです。準備は続けてください」

私は、自信を持って断言した。

「私たちが必要とされる時は必ず来るんです！」

それから私は私の計画を、みんなに話した。

「判った。大変なことにはならないように、ちゃんと準備しましょう」

＊

やり直し遺産分割協議の当日。

関係者の梅子さん、般若の正子、孫息子の正太郎、孫娘の咲良の四人が大広間に集まった。梅子さんは紋付き黒留袖の正装、正子は黒の洋正装、正太郎はダークスーツ。だが咲良だけは、前と同じ白いブラウスに、チェックのミニスカート姿だ。それしか持っていないのかもしれない。

前回は御膳を用意したが、今回は食事を先にという段取りなので、大きな座卓が用意されている。

私たちはお茶を用意する係として、部屋の隅に待機している。その目の前で、正太郎が依頼したデリバリーの人たちが現れ、料理を座卓に並べ始めた。

見た目は贅を尽くしたご馳走が並んでいる。

お吸い物にサラダにグラタンに、しんじょうに魚介フライにステーキに鯛の尾頭付きに、和風の煮物などなど。

どれも見映えはいいが、見かけ倒しなものばかり、カラオケの食べ放題か、安い温泉旅館のバイキングに並んでいそうな、ケバくて安っぽい料理ばかり……らしい。

私には全然見分けがつかないのだが、こうしろうや香西さん、三上さんにはバレバレなのだそうだ。

「あのフライの匂い！　悪い油使ってるし、材料も最悪で腐る寸前のものを使ってるね。渋谷の、味が判らないガキ相手に商売してる店だから、あんなものを平気で出せる神経になるんだ」

「お肉もね、筋切りとかの処理が不充分だからほら、冷めてくると肉が縮んで……ほらほら端っこから巻いてきてる！」

「ちょっと冷めただけで生臭くなるお吸い物って何なのかしら？　驚いたわね」

部屋の隅でヒソヒソしている私たちを、梅子さんはちらりと見た。何を話しているか、全部お見通し、と言う表情だ。その目は「あんたたちの料理が食べたいよ」と訴えている。

正太郎のデリバリー料理を配膳しているのは、タキシードを着た例の半グレだ。金髪を慌てて黒く染め直したのがアリアリと判るマダラ色で、不気味なほど細い目と、見るからに凶悪な削げた頬で、頭の悪そうなオーラを派手に撒き散らしている。

「ええ、ご料理のご説明を……まず最初の」

半グレ・ウェイターはポケットからくしゃくしゃのメモを取りだした。

「あの、えと……っ、突き飛ばし？　じゃねえや……送り出し？」

読もうとしたが、文字が読めないらしい。

「判った！　吊り出しだ」

突き出しだろバカ！　と私が突っ込む間もなく、半グレは追放された。

「もういい。下がって」

正太郎が追い出して、ビールの入ったグラスを掲げた。

「では、まずは和やかな話し合いを願いまして……お食事から。僕の経営している
お店でシェフが腕を振るった料理の数々です。どうぞお召し上がりください」

「まあ！　美味しそう！」

般若の正子がわざとらしい歓声を上げて、すまし汁を一口飲んだ。

「美味しいわ！」

正子は姑《しゅうとめ》にも勧めた。

「お義母さま、これ是非召し上がって！」

しかし、梅子さんは器の臭いを嗅いだだけで顔をしかめた。

「このフライ、ものは何だい？」

「今朝獲れたばかりの、伊勢エビのフライです！」

「私は……フライはどうもねえ」

しかめた顔のまま皿を押しやる。

「あ、これなら大丈夫でしょう？　おばあさまのお好きな茶碗蒸しですよ！」

正太郎の勧めで、梅子さんは茶碗蒸しを手に取った。

「おばあさまの大好きなものが隠し味で入っています」

「そうかい？」

梅子さんはいやいやながら、という風情で木の小匙《こさじ》を取り、茶碗蒸しを口に運んだ。

が。

「あーっ！」

と叫んだ梅子さんは、いきなり喉を掻き毟《むし》って倒れこんだ。

こうしろうが慌てて大広間に飛び込んで、梅子さんを抱き起こした。

「大変だ！　アレルギーの発作だ！　きゅっ救急車！」

三上さんが急いでスマホから一一九番に通報しているが、嫁の正子は平然としている。

「なにを騒いでいるのよ！」

般若のような形相で嘲笑する正子。

「大丈夫よ、たかがアレルギーなんて。大袈裟《おおげさ》なのよだいたい。そんなのは贅沢病で、慣れれば治るわよ」

バッカバカしいと言いながら、介抱するわけでもなく、義理の母を冷たく眺めている。

「ちょっとあんた、知らないの？　アレルギーって怖いんだよ！　悪くしたら死んじゃうんだから！」

取り乱した咲良が叫んだ。

しかし正子の顔には、どうかこのまま死んでくれと言う醜い願望が滲み出て、目つきも変わりらんらんと光っている。

梅子さんは嘔吐《おうと》して咳《せ》き込み、息もひゅーひゅーと苦しそうに変化した。顔面蒼白になって、意識までが朦朧《もうろう》としてきた。

「ダメね、救急車は間に合わないわ」

香西さんが梅子さんの脈を取った。

「あら、死んじゃうの？」

そう言った正子の目には、歓喜の色が浮かんでいた。

「おばあちゃまを助けて！　お願い！」

咲良は懇願した。正太郎は呆然としている。

「こういう事もあろうかと」

香西さんがコックコートのポケットから、マジックペンのようなものを取りだした。

「これはエピペン。アナフィラキシー・ショックが現れた緊急時に使うの。症状の進行を一時的に緩和し、ショックを防ぐための補助治療剤。素人が扱えるようにできてる」

と言いながら携帯用ケースのカバーキャップを指で押し開けてエピペン本体を取り出し、オレンジ色のニードルカバーを下に向けて本体を手でしっかり握り、もう片方の手で青色の安全キャップを外した。

「おばあさんの太腿《ふともも》を露出させて！」

私と咲良が、梅子さんの和服の裾を捲《めく》りあげた。

「ご無礼いたします！」

香西さんは、エピペンを太腿の前外側に垂直にかざし、ブスッと突き刺した。

そのまま数秒。

香西さんがエピペンを抜き取った。

すると……早くも効果が現れた。

梅子さんの息が戻り、蒼白だった顔面にも血の気が差してきた。

「あんた」

梅子さんは顔を上げ正太郎を見据えた。

「あんたは、あたしを殺そうとしたね？」

「そ、そんな！　とんでもない！　誤解だ」

正太郎は狼狽《ろうばい》して、大慌てで否定した。

「お前を相続から外すよ。そういう法律があるんだ。遺産目当ての殺人を防ぐためのね」

「そんな……殺人だなんて大袈裟な。たかがアレルギーじゃありませんか！」

今度は正子が息子を庇おうとした。

そこに、パトカーのサイレンとともに警察官がやって来た。

「おまわりさん！　そこの男が、アレルギーを悪用してこのおばあさんを殺害しようとしたんです！　証拠はこれ、この料理です！」

香西さんは、梅子さんが甲殻類アレルギーであること、そして並べられた料理に海老が多用されていることを警官に説明した。

「そして、この料理を用意した人物が、そこにいる男です！　弓庭正太郎！」

正太郎は、殺人未遂の現行犯で逮捕された。

相続人から外されただけではなく、手には手錠がかけられて、連行されていった。

「そんな！　正太郎が殺人なんて！　あり得ません。この子は塡《は》められたんですっ！」

般若の正子も息子の後を追い、警察に行ってしまった。

「なんて家族なんだろう……最低だよね」

咲良は深い溜息をついて、ガックリと肩を落とした。

「おばあちゃま、誰にも、何にも言わなかったから……」

あたしだって知らなかった、という咲良にこうしろうは静かに言った。

「君のお兄さん、そしてお母さんが、家族のアレルギーを知らなかったと主張しても、なかなか信じてはもらえないかもしれない」

殺意がなかったと立証するのは難しい、とこうしろうが言うので、私も不安になった。

「じゃあ、私は？」

アレルギーのことを教えた私までが、罪に問われそうではないか。

「君か。君は、ただ聞かれたから喋っただけだからねえ……」

大丈夫じゃないの、とこうしろうは軽く片付けた。

「それより、エピペンは緊急用のアドレナリン剤だから、お医者さんにきちんと診て貰わないと……アレルギーの専門医を呼んで貰ったので」

と、香西さんが心配しているところで、表にタクシーが着き、白衣を着た老人が現れた。

「町医者をやっている、楠木《くすのき》です」

その声を聞いた梅子さんの表情が変わった。

大広間にやってきた老医師は、こうしろうに抱きかかえられた梅子さんを見て、ハッとしたような表情になった。

「あなたは……もしや……人違いだったら申し訳ないのですが……梅子、弓庭梅子さんでは？」

老医師を見て、同じく信じられない、という口調で梅子さんも問い返した。

「もしかして、あなたは、あの、勝浦の」

「はい。海産物問屋の息子です。もうとっくに潰れてますが……あなたにひどいことをした、そのバチが当たったのでしょう」

老医師は感無量の面持ちで梅子さんの脈を取り簡単な診察をした。

「とりあえず、ここに布団を敷いて……」

テキパキと指示を出す老医師を、梅子さんは未だに信じられない、という表情で見つめている。

「……もう、あなたには、今生《こんじょう》では二度と逢えないものだと」

「それは私も同じだ。梅子さん」

ステロイドや抗ヒスタミン薬の注射などを行いながら、楠木医師は語りかけた。

「あの日、あの顔合わせの日に梅子さん、あなたが伊勢エビを食べて倒れた時、何も出来なかった私は決心した。好きな人と一緒になれないのなら、好きな女性を守ることさえ出来なかったのなら、せめて同じ苦しみから、ほかの誰かを救いたいと。それから私は親には内緒で医学部を受験して、アレルギー専門医になったんです」

楠木医師は、明らかに診察とは違う手つきで、梅子さんの手をぎゅっと握った。

「信じてはもらえないかもしれないが、私はね、あなたが本当に好きでね、忘れられなかった。でも、親に言われた。あなたがもう、私には二度と会いたくないと言っていると。

当然だろうと思った。うちの親族ぐるみ家族ぐるみで、あなたにあんなひどいことをしてしまったのだから。殺人未遂も同然だ。顔も見たくないのが本当だろうと思った。だから諦めた。諦めて、おふくろが決めた相手と結婚したけれど、うまく行かなくてね。その女房もおふくろも死んで、今の私は自由っていうか、独り身でね」

そう言った楠木医師は、じっと梅子さんを見つめた。

「今さら、と思うだろうが梅子さん、あなたさえよければ、短い老い先、私と一緒に暮らしては貰えないだろうか？」

皺《しわ》深く、時に因業そうにさえ見えた梅子さんの表情が、一瞬にして少女のように純真で、愛に溢れるそれに変わった。

なんという急転直下。

私は、この急展開に驚いたが、梅子さんを布団に寝かしつけた香西さんやこうしろうが、台所からお盆を持って現れたのを見て、我に返った。今こそ、私たちが仕事をする時だ。

「さあ、お口直しに、お食事のやり直しはどうでしょうね？　まずは、生姜と白菜のお吸い物から」

咲良がお椀から梅子さんの口にスプーンを運び、梅子さんはそれを口に含んだ。

「あ……」

その顔に、本当に、一瞬にして数十年若返ったかのような、生気が戻った。

「これよ……この味。あれまあ、これを、どうやって……」

梅子さんの目から涙が零《こぼ》れた。

それを見て、咲良も泣いている。私も貰い泣きして、涙もろい三上さんも、こうしろうも、そして普段クールな香西さんまでが泣いた。もちろん楠木医師も。

「さあ、懐かしの料理をいろいろ用意してあるんですよ。どれから行きましょうね？　生姜のヤキメシ？　時雨煮？　それともイワシの梅煮？」

大広間に、一家の団らんが戻った。それは血縁の家族でないけれど、それよりもっと深い繋がりの私たちが、食卓を囲む姿だった。

「ケータリングも捨てたもんじゃないわね」

香西さんに言われたこうしろうは、そうですとも、と胸を張った。

「今は苦しいけれど、美味しい食べ物は、人を確実に幸せにしますからね！」

私は、このメンバーでずっと仕事が続けられれば、と心から願った。ここまで強く何かを願うのは、生まれて初めてのことだった。

参考資料

「makimikan の料理と日常と」
http://www.makimikan.net/entry/2016/10/07/173300
「同じ読み方だけど…？　『懐石料理』と『会席料理』は何が違うのか」
https://otonanswer.jp/post/7474/
「懐石料理と会席料理の違いとは」
https://i-k-i.jp/12283
ウェイド・デイヴィス『蛇と虹――ゾンビの謎に挑む』田中昌太郎【訳】（草思社　一九八八年）
渡辺武信『日活アクションの華麗な世界　上』（未來社　一九八一年）
鈴木裕子／足立女性史研究会『葦笛のうた―足立・女の歴史』（ドメス出版　一九八九年）

初出

第一話　紳士と淑女のビーフ・ブルギニョン　Webジェイ・ノベル　二〇二〇年十二月十五日配信
第二話　人生最後の屋台メシ　Webジェイ・ノベル　二〇二一年一月二十六日配信
第三話　「不可能を可能にする」メニュー　Webジェイ・ノベル　二〇二一年三月九日配信
第四話　アマビエのロマンス　書き下ろし
第五話　遺産相続は生姜の香り　書き下ろし

本作品はフィクションです。実在する個人および団体とは一切関係ありません。（編集部）

実業之日本社文庫　最新刊

赤川次郎
花嫁は迷路をめぐる
モデルとして活躍する姉の前に死んだはずの妹が現れた!? それと同時に姉妹の故郷の村役場からは2000万円が盗まれ――。大人気シリーズ第32弾！
あ121

安達 瑶
紳士と淑女の出張食堂
このご時世で開店休業状態の高級ケータリング料理店。どんな依頼にも応えるべく、出向いた先で毎度珍事件が――抱腹絶倒のグルメミステリー！
あ87

井川香四郎
桃太郎姫 百万石の陰謀
讃岐綾歌藩の若君・桃太郎に岡惚れする大店の若旦那が、実は前加賀藩主の御落胤らしい。そのことを利用して加賀藩乗っ取りを謀る勢力に、若君が相対する！
い108

江上 剛
銀行支店長、泣く
若手行員の死体が金庫で発見された。調査の中で、同行が手がける創薬ビジネスのキーマンである研究医との奇妙な関係が浮かび上がり――。傑作経済エンタメ！
え14

今野 敏
処断　潜入捜査〈新装版〉
魚の密漁、野鳥の密猟、ランの密輸の裏には、姑息な経済ヤクザが――元刑事が拳ひとつで環境犯罪に立ち向かう熱きシリーズ第3弾！（解説・関口苑生）
こ216

西條奈加
永田町小町バトル
待機児童、貧困、男女格差……ニッポンの現代社会に巣食う問題に体当たり。「キャバ嬢議員」小町の奮闘を描く、直木賞作家の衝撃作！（解説・斎藤美奈子）
さ81

実業之日本社文庫　最新刊

櫻いいよ
きみに「ただいま」を言わせて

小学生の舞香は5年前に母親と死別し、母の親友とその夫に引き取られる。血の繋がらない三人家族、それぞれが抱える「秘密」の先に見つけた、本当の幸せとは!?

さ９１

櫻井千姫
16歳の遺書

私の居場所はどこにもない。生きる意味もない——。辛い過去により苦悶の日々を送る女子高生・絆。だが、ある出会いが彼女を変えていく…。命の感動物語。

さ101

辻堂ゆめ
初恋部　恋はできぬが謎を解く

初めて恋をすることを目指して活動する初恋部の女子高生四人。ところが出会うのは運命の人ではなく校内で起こる奇妙な謎ばかりで……青春×本格ミステリ！

つ４１

葉月奏太
寝取られた婚約者　復讐代行屋・矢島香澄

IT企業社長・羽田は罠にはめられ、彼女と会社を奪われる。香澄に依頼するも、暴力団組長ともうひとりの復讐代行屋が立ちはだかる。超官能サスペンス！

は６11

睦月影郎
淫魔女メモリー

小説家の高志は、裏庭の井戸から漂う甘い香りに誘われて降りてみると、そこには地獄からの使者が!?　淫魔大王から力を与えられ、美女たち相手に大興奮！

む２14

南　英男
偽装連鎖　警視庁極秘指令

元IT社長が巣鴨の路上で殺された事件で、タレントの恋人に預けていた隠し金五億円が消えていたことが判明。社長を殺し、金を奪ったのは一体誰なのか!?

み７19

実業之日本社文庫　好評既刊

安達　瑶
悪徳探偵《ブラック》

『悪漢刑事』で人気の著者待望の新シリーズ！　消えたAV女優の行方は？　リベンジポルノの犯人は？　ブラック過ぎる探偵社の面々が真相に迫る！

あ８１

安達　瑶
悪徳探偵《ブラック》　お礼がしたいの

見習い探偵を待っているのはワルい奴らと甘い誘惑!?――エロス、ユーモア、サスペンスがハーモニーを奏でる満足度120％の痛快シリーズ第2弾！

あ８２

安達　瑶
悪徳探偵《ブラック》　忖度したいの

探偵＆悩殺美女が、町おこしでスキャンダル勃発！　甘い誘惑と、謎の組織の影が――エロス、ユーモア、サスペンスと三拍子揃ったシリーズ第三弾！

あ８３

安達　瑶
悪徳探偵《ブラック》　お泊りしたいの

民泊、寝台列車、豪華客船……ヤクザ社長×悩殺美女が旅行業に乗り出した！　旅先の美女の誘惑に抗えない飯倉だが――絶好調悪徳探偵シリーズ第4弾！

あ８４

安達　瑶
悪徳探偵《ブラック》　ドッキリしたいの

ブラックフィールド探偵事務所が芸能界に進出！　人気上昇中の所属アイドルに魔の手が……!?　エロスとユーモア満点の絶好調のシリーズ第五弾！

あ８５

実業之日本社文庫　好評既刊

伊坂幸太郎
砂漠
この一冊で世界が変わる、かもしれない。一瞬で過ぎる学生時代の瑞々しさと切なさを描いた一生モノの傑作長編！　小社文庫限定の書き下ろしあとがき収録。
い12 1

大山誠一郎
アリバイ崩し承ります
美谷時計店には「アリバイ崩し承ります」という貼り紙がある。店主の美谷時乃は、7つの事件や謎を解決できるのか!?（解説・乾くるみ）
お8 1

今野　敏
マル暴甘糟《あまかす》
警察小説史上、最弱の刑事登場!?　夜中に起きた傷害事件は暴力団の抗争か半グレの怨恨か。弱腰刑事の活躍に笑って泣ける新シリーズ誕生！（解説・関根　亨）
こ2 11

今野　敏
マル暴総監
史上〝最弱〟の刑事・甘糟が大ピンチ!?　殺人事件の捜査線上に浮かんだ男はまさかの……痛快〈マル暴〉シリーズ待望の第二弾！（解説・関口苑生）
こ2 13

今野　敏
潜入捜査　新装版
今野敏の「警察小説の原点」ともいえる熱き傑作シリーズが、実業之日本社文庫創刊10周年を記念して装いも新たに登場！　囮捜査の行方は…。（解説・関口苑生）
こ2 14

今野　敏
排除　潜入捜査〈新装版〉
日本の商社が出資した、マレーシアの採掘所の周辺住民が白血病に倒れた。元刑事が拳ひとつで環境犯罪に立ち向かう、熱きシリーズ第2弾！（解説・関口苑生）
こ2 15

実業之日本社文庫　好評既刊

知念実希人
仮面病棟
拳銃で撃たれた女を連れて、ピエロ男が病院に籠城。怒濤のドンデン返しの連続。一気読み必至の医療サスペンス、文庫書き下ろし！（解説・法月綸太郎）
ち11

知念実希人
時限病棟
目覚めると、ベッドで点滴を受けていた。なぜこんな場所にいるのか？　ピエロからのミッション、ふたつの死の謎…。『仮面病棟』を凌ぐ衝撃、書き下ろし！

ち12

知念実希人
リアルフェイス
天才美容外科医・柊貴之。金さえ積めばどんな要望にも応える彼の元に、奇妙な依頼が舞い込む。さらに整形美女連続殺人事件の謎が…。予測不能サスペンス。

ち13

知念実希人
レゾンデートル
末期癌を宣告された医師・岬雄貴は、不良から暴行を受け、復讐を果たすが、現場には一枚のトランプが……。最注目作家、幻のデビュー作。骨太サスペンス!!

ち14

知念実希人
誘拐遊戯
女子高生が誘拐された。犯人を名乗るのは「ゲームマスター」。交渉役の元刑事が東京中を駆け回るが…。衝撃の結末が待つ犯罪ミステリー×サスペンス！

ち15

実業之日本社文庫　好評既刊

知念実希人
崩れる脳を抱きしめて
研修医のもとに、彼女の死の知らせが届く……。愛した彼女は本当に死んだのか？　驚愕し、感動する、恋愛ミステリー。著者初の本屋大賞ノミネート作品！

ち16

貫井徳郎
微笑む人
エリート銀行員が妻子を殺害。事件の真実を小説家が追うが……。理解できない犯罪の怖さを描く、ミステリーの常識を超えた衝撃作。（解説・末國善己）
ぬ11

東野圭吾
白銀ジャック
ゲレンデの下に爆弾が埋まっている――圧倒的な疾走感で読者を翻弄する、痛快サスペンス！　発売直後に100万部突破の、いきなり文庫化作品。

ひ11

東野圭吾
疾風ロンド
生物兵器を雪山に埋めた犯人からの手がかりは、スキー場らしき場所で撮られたテディベアの写真のみ。ラスト1頁まで気が抜けない娯楽快作、文庫書き下ろし！

ひ12

東野圭吾
雪煙チェイス
殺人の容疑をかけられた青年が、アリバイを証明できる唯一の人物――謎の美人スノーボーダーを追う。どんでん返し連続の痛快ノンストップ・ミステリー！

ひ13

実業之日本社文庫 あ87

紳士《しんし》と淑女《しゅくじょ》の出張食堂《しゅっちょうしょくどう》

2021年6月15日 初版第1刷発行

著 者 安達《あだち》 瑶《よう》

発行者 岩野裕一
発行所 株式会社実業之日本社
〒107-0062 東京都港区南青山5-4-30
CoSTUME NATIONAL Aoyama Complex 2F
電話 [編集]03(6809)0473 [販売]03(6809)0495
ホームページ https://www.j-n.co.jp/
DTP ラッシュ
印刷所 大日本印刷株式会社
製本所 大日本印刷株式会社

フォーマットデザイン 鈴木正道(Suzuki Design)

ISBN978-4-408-55662-8(第二文芸)